思い出は満たされないまま

乾　緑郎

集英社文庫

思い出は満たされないまま　目次

思い出は満たされないまま

しらず森

1

寝かしつける時に怖い話を聞かせ続けると、臆病《おくびょう》な子供に育つ。

以前、育児の本か何かでそう読んだことがある。

だから、寝床で息子の尚之《なおゆき》に幽霊や妖怪の話をリクエストされても、小林遥子《こばやしはるこ》は、やんわりと他の話に切り替えることにしている。

「例えばお母さんが、人食い鬼や、ティラノサウルスや、悪い宇宙人に襲われたらどうする？」

「絶対に助ける」

遥子がそう聞くと、尚之は決心に満ちた声でそう答えた。

頼もしいことだ。

「ナオくん、もう寝たのか」

「うん……」

寝息を立て始めた尚之を起こさないよう、そっと奥の四畳半から襖《ふすま》を開いて遥子が顔を出すと、ダイニングで晩酌《ばんしやく》を始めていた父の武広《たけひろ》が声を掛けてきた。テーブルの上に伏せてあったグラスを起こし、武広がビールを勧めてくるので、少しだけ遥子も飲むことにした。

「……昭彦《あきひこ》くんとのことは、どうするんだ」

遥子のグラスが空になるタイミングを見計らって、武広が切り出した。

「尚之の夏休みの間に決めようと思ってる」

台所に立って洗い物をしている母の清美《きよみ》が、背を向けたまま聞き耳を立てているのが雰囲気でわかった。遥子が小さい頃から、この光景は変わらない。

東京多摩《たま》地区の外れにあるマンモス団地。

遥子が小さかった頃は、住んでいるのは若い夫婦と子供ばかりで、団地の公園はいつも賑《にぎ》わっていたが、今は全戸数の半分以上の世帯主が高齢者になっている。かく言う遥子の両親も、年を取ってその仲間入りを果たした。

「もう一度、きちんと話し合ったらどうなんだ」

穏やかな口調で武広が言った。

「何度も言ったけど、もう無理。あの人、尚之がインフルエンザで四十度も熱を出した時も、仕事で帰って来なかったのよ」

それは日曜日で、医療機関はどこも休診だった。救急車を呼ぶことも考えたが、方々に電話を掛け、やっと休日診療を行っている病院を見つけた。

タクシーに家まで来てもらい、顔を真っ赤にしてぐったりしている尚之を毛布にくるんで病院に向かった。

折悪《おりあ》しく、大手ゼネコンに勤める夫の昭彦は休日出勤で、途中、何度も携帯電話で連絡を取ろうと試みたが、電源を切っているようで繋《つな》がらなかった。

やっと折り返し電話があったのは、病院で診察を受けて薬をもらい、家に戻ってきてからだった。座薬の解熱剤を入れ、尚之の熱が下がって、ようやく落ち着いたところで、外はもう暗く、午後十時を回っていた。

「仕事中に携帯に電話掛けてこないでくれって言わなかったっけ。勘弁してくれよ」

いきなりそう言われた。背後から聞こえてくる音で、それが盛り場からだとわかった。

一段落ついていたから、尚之がインフルエンザに罹《かか》って熱を出したことだけを遥子は伝えた。その声があまりに冷静だったから、大したことはないと思ったのかもしれない。

二言三言、文句を言うと、昭彦は早々に通話を切った。

その時の空虚な気持ちをどう表現したら良いのだろう。仕事でお酒を飲むのは仕方ないし、その間、連絡が取れなかったこともしようがないが、せめて尚之の状態を知ったら、酒席を辞して急いで帰ってくるくらいはして欲しかった。

昭彦の帰宅は深夜だった。熱が下がって汗を掻《か》き始めた尚之と添い寝していた遥子は、昭彦が様子を見に寝室に入ってきても、寝たふりを続けた。口を開いたら、喧嘩《けんか》になってしまいそうな気がしたからだ。

汗で濡《ぬ》れた尚之の前髪にそっと触れると、昭彦は無言で寝室を出て行った。

やがてシャワーを使う音が階下から聞こえ、そのまま昭彦は自分の寝室に入って眠ってしまった。

ずっと以前から、昭彦とはすれ違いが続いている。

尚之が生まれてからはセックスレスの状態も続いており、仕事の時間が不規則な昭彦の提案で、寝室も別々にした。赤ちゃんの頃、尚之は夜泣きがひどかったから、一緒の部屋で寝ていると熟睡できず、仕事の疲れが抜けないのだと昭彦は言っていた。

「離婚したら、悪いけど暫《しばら》くの間、ここに住まわせてもらうわ。それで、仕事を探しながら同じ学区域でアパートでも見つける」

「そうはいっても、女が一人で子供を育てるのは大変よ」

清美が、手早く作った晩酌用のつまみをテーブルの上に置いた。

父に対する、母のこういう甲斐甲斐《かいがい》しさが、遥子は昔から不思議だった。自分は飲むでもなく、座るでもなく、のんびり晩酌をしている父のために忙しく立ち働いている母。娘である遥子にまで気を遣っているように見える。何でこういうことを当たり前のように思えるのだろう。自分だったら絶対に我慢できない。

「お母さんにはわからないよ」

思っていることを母に向かって言うわけにもいかず、遥子はただそう口にした。

「そういえば」

リモコンでテレビをザッピングしていた武広が、急に思い出したように言い、テーブルの隅に置いてある葉書を手にした。

「前にこんなものが来ていたんだ。忘れていた」

「何？」

それは往復葉書だった。

見ると、小学校のクラス会の誘いのようだ。出欠を求める葉書がついたままで、返信の期限はとっくに過ぎている。

「嫌だ。何で転送してくれなかったの」

文句を言いつつ、クラス会の日付を見ると今週末になっていた。午前中に学校で、卒業時に埋めたタイムカプセルを掘り出し、夕方から付近の中華料理店で食事会となっている。

念のため葉書で出欠を取るが、急に都合がついた場合などは飛び入りも歓迎と書いてあった。

「気晴らしに参加してみれば」

清美が言う。

「子供連れでも大丈夫かしら」

「一応、幹事の人に電話で確認してみたら」

正直、迷うところではあった。高校時代のクラス会には何度か参加しているが、小学校となると、もう顔もよく覚えていない人もいる。

だが、タイムカプセルを開くというイベントには、ちょっと興味を引かれるものがあった。


週末は晴れていて、良い天気だった。

待ち合わせ場所である小学校の裏庭には、細い竹で組まれた棚《たな》があり、ヘチマが蔓《つる》を巻き付け、黄色い花を咲かせている。

隅の方には花壇があって、開花を待つ向日葵《ひまわり》がつぼみを膨《ふく》らませていた。フェンスの向こう側には、隣接している保育園の古い木造の倉庫が見える。

遥子が結婚して団地を出て行くまで付き合いのあった幼馴染《おさなじ》み数名を除くと、殆《ほとん》どのクラスメートの顔と名前に覚えがなかった。町ですれ違っても、お互いに気がつきもしないだろう。

他人行儀な挨拶《あいさつ》を交わすと、遥子はタイムカプセルを土の中から掘り出す作業を手伝うことにした。

幹事役の男性が、卒業アルバムを持ってきていた。そこにはタイムカプセルを埋めた位置が、宝の地図のようなデザインで描かれており、尚之は集まった他の子供たちと一緒に、それを見て目を輝かせた。

旧校舎の建物の角と、百葉箱《ひゃくようばこ》を目印に、見当をつけて掘り始めたが、タイムカプセル探索は思いがけず難航した。

最初はスコップを手に一緒に土を掘り返していた子供たちは、三十分もすると退屈し始め、裏庭から離れて校庭で遊び始めた。

子供たちの中では一番小さかった尚之は、高学年のお兄さんたちの仲間には入れてもらえなかったようで、ふと見ると、必死に背を伸ばし、百葉箱の白い鎧板《よろいいた》の隙間《すきま》から、中を覗《のぞ》こうとしていた。

「ねえお母さん、これ何？」

近づいていく遥子に向かって尚之が言った。

「さて、何でしょう」

「三択にして、三択」

尚之とこういう会話になると、すぐにクイズになってしまう。

「そうねえ……。一、怖いお化けを祀《まつ》った祠《ほこら》。二、鳩《はと》を飼うための鳥小屋。三、えーと」

よくよく考えてみると、遥子も百葉箱が何に使われるものなのか、わかっていなかった。

「……たぶん、お天気を調べるためのもの」

そんなに間違ってはいないだろう。

尚之は腕組みをして、真剣に正解を検討している。

幹事役が校務員さんに聞きに行き、結局、目印にしていた百葉箱自体が、二年ほど前に場所を移動していたことがわかった。

元の場所を確認し、改めて見当をつけて掘り返すと、今度はあっさりと見つかった。

今はもう見かけなくなった黒いビニールのゴミ袋で、何重にも包まれた物体が出てきた。

ビニールを外すと、中からステンレス製の寸胴鍋《ずんどうなべ》のような形をしたタイムカプセルが現れた。蓋《ふた》は厳重にボルトで締められた上に隙間をハンダ付けされ、卒業年次が彫金されたプレートが固定されている。

開封は、夕方からの食事会で行われることになっており、幹事の車の荷台にタイムカプセルを積むと、ひと先《ま》ず、その場は解散となった。

ベランダに出て洗濯物を干していると、すっかり様変わりして綺麗《きれい》になった団地の庭が見えた。

遥子の実家は建物の一階にあり、身を乗り出せばすぐ目の前が団地の庭になっている。昔はこの敷地を、勝手に耕して野菜や花を植えたり、物置を建てたり柵で仕切りを作ったりする住人がいて、無法な状態だった。

ダリアの花が咲くレンガで囲われた花壇の隣に、他の住人が植えた下仁田葱《しもにたねぎ》が生え、妖精を模したガーデニング用の置物と、信楽焼《しがらきやき》の狸《たぬき》とが仲良く並んでいるような、そんな庭だった。

今はそんな面影もなく、何もかも撤去され、綺麗に芝生が植えられている。行政から指導が入ったのか、団地の自治会で問題になったのか、理由はわからない。

だが、遥子は以前の雑然とした庭の方が好きだった。青々とした芝生が植えられた庭は、確かに見映えは良いが、そこで遊ぶ子供もおらず、寂寞《せきばく》としている。

そういえば、このベランダから飛び降りて、見知らぬ小さな男の子と『ひょうたん島』まで一緒に遊びに行ったことがあった。

団地のすぐ近くに古い神社があり、その裏手の小高い丘のような場所だ。

そこは神社の敷地で、正しい名称は他にあるらしいが、形状が、昔、ＮＨＫでやっていた人形劇に出てくる『ひょうたん島』にそっくりだったので、いつの間にか子供たちの間でそう呼ばれるようになったらしい。

周囲をぐるりと古い石玉垣で囲われており、立入禁止の場所だったが、そんなことに構う子供はいなかった。高さ一メートルほどしかない玉垣をよじ登って越えるなど、小学生には朝飯前である。

「ひょうたん島って、今はどうなっているのかしら」

リビングで尚之とレゴブロックで遊んでいる武広に向かって遥子は言った。

「どうだろうなあ……。まあ、前と同じだろう」

「尚之を連れて、ちょっと行ってみようかしら」

夕方からのクラス会まで、中途半端に時間が空いていた。

レゴでお城を作っていた尚之が顔を上げる。良い天気だから、外で遊びたくてうずうずしていたのだろう。

「ついでに買い物でもしてくるわ」

そう言って、遥子は尚之を連れて団地の部屋を出た。

団地の中にはスーパーも薬局も郵便局も銀行もあり、その気になれば一歩も敷地の外に出なくても生活することができる。

数軒の個人商店が軒を連ねた一角もあったが、遥子が子供の頃に書店だったところは接骨院に替わっており、家族でよく食べに行ったラーメン屋にはシャッターが下りていた。残っているのは、昔に比べると、すっかり寂《さび》れてしまったスポーツ用品店だけだ。

買い物は後回しにして、遥子はひょうたん島の方に足を向けた。溜池《ためいけ》へと続く小川沿いの舗装《ほそう》された道を、車を避けて端に寄って歩いて行く。以前は川縁《かわべり》は土手になっていて葦《あし》が茂っていたが、今は三面護岸になっており、近くに大きな道路ができたせいで、一部が暗渠《あんきょ》になっているようだった。鯉《こい》の群れが、うようよと一か所に集まってひれを動かしているのが見える。

家を出て十分も歩かないうちに、ひょうたん島に辿《たど》り着いた。

他とは違い、この場所は遥子の子供の頃の記憶と殆ど変わらない。

人の背丈よりも、少し高い程度の石の鳥居が建っている。

鳥居は神域への入口だから、普通、その先は参道などになっているものだが、ひょうたん島の場合は少し違っていた。

数メートル行った先で参道は行き止まりになっており、ひょうたん島をぐるりと囲む、うっすらと緑色に苔《こけ》むした石玉垣が、来る者を拒むように立ち塞がっている。

玉垣の向こう側は鬱蒼《うっそう》とした雑木林になっており、その周囲だけ、温度も一、二度低いように感じられた。思わず遥子は、着ているノースリーブのシャツから出た腕を擦《さす》る。

辺りに人気《ひとけ》はない。頂上まで登っても、ちょっと拓《ひら》けた場所に大きな銀杏《いちょう》の木が一本生えているだけだから、稀《まれ》にぎんなん取りに入る人などを除けば、地元の大人がここに立ち入ることは殆どない。

だが、子供たちにとっては、ここは格好の遊び場だった。クヌギやコナラが何本も生えているので、夏の夕方や朝方に来れば、カブトムシやクワガタが捕れるし、男の子たちの間で、BB弾の空気銃を持って、ここで撃ち合いをするのが流行《はや》ったこともあった。

そんなことを思い出しているうちに、遥子の心に、ちょっとした悪戯《いたずら》心が浮かんできた。もう日も高くなっているが、この季節なら、よく探せばカブトムシかクワガタの一匹くらいは見つかるかもしれない。

神社の関係者に見つかったら怒られるだろうが、そうなったらその時だ。

一緒にカブトムシを探してみようかと言うと、尚之は俄然《がぜん》、目を輝かせた。古い石玉垣を、足を滑らせないように気をつけながら、先に遥子が乗り越えた。続けて玉垣の笠石の上に乗った尚之がジャンプして飛び降りると、二人は雑木林の間の細い道を歩き出した。

緩やかな登り坂を上がって行くと、やがて二つある頂上のうちの低い方に出た。

鼻唄《はなうた》を歌いながら、尚之は、拾った棒きれで道の両側に生い茂った背の低い熊笹を叩《たた》きながら進んで行く。

「その曲、何だっけ」

確か、尚之が毎週金曜日の夕方に欠かさず見ているアニメの主題歌だった。

少年漫画が原作のアニメで、遥子も尚之に付き合って一緒にごはんを食べながら何度か見たことがある。江戸川乱歩の少年探偵団シリーズを、現代風にアレンジした感じのアニメだった。

「ほら」

振り返った尚之は、誇らしげに自分の胸に飾られたバッジを指し示した。『ＤＣ』と飾り文字の入った金属製のバッジだ。

「どうしたの、それ」

「おじいちゃんに買ってもらった」

またか、と遥子は軽く溜息をついた。昨日も子供向け雑誌を買ってもらったばかりだというのに。

「駄目じゃないの。何でもかんでも買ってもらっちゃ」

「違うよ。これ、買ってもらった雑誌に付いていたの」

すると、付録の類《たぐ》いだろうか。

しゃがみ込んでバッジをよく見てみると、『ＤＣ』のロゴの下に、小さく『Detective Club』と書いてある。たぶん、少年探偵団に於《お》ける『ＢＤバッジ』のようなものだろう。

「あんまりわがまま言ってオモチャとか買ってもらったら駄目だからね」

遥子がそう言うと、尚之は「はーい」と素直な返事をして、大銀杏の木が生えたもう一つの頂上を目指して、今度は斜面を駆け下り始めた。

そういえば、子供たちの間では、ひょうたん島には、いろいろな噂《うわさ》があった。

例えば、頂上に生えている大きな銀杏の木で、首を吊《つ》って自殺した人がいるとか、誘《ゆう》拐《かい》された子供の死体が置き去りにされているのが見つかったとかの、たわいもない怪談めいた話だ。

きっと根も葉もない噂なのだろうが、ひょうたん島には、楽しげな名前とは裏腹に、そんなことを連想させるような、どことなく暗い雰囲気があった。

駆け足でどんどん先に行ってしまう尚之の後を、必死になって遥子は追う。

子供の体力は本当に底なしだ。やがて尚之の姿は見えなくなり、登りになると遥子の歩みも遅くなった。日頃の運動不足を呪《のろ》いながら、息を切らせてひょうたん島のもう一つの頂上を目指す。

やっとの思いで辿り着くと、遥子は辺りを見回した。銀杏の大木が、半径十メートルにも満たない頂上の平坦な場所を覆うように枝を伸ばしている。

生い茂る扇形をした銀杏の葉は、目も冴《さ》えるような鮮やかな緑に色づいていた。葉の隙間からは、きらきらと昼下がりの強い陽光が漏れ入っている。

「尚之」

遥子は声を上げた。頂上に尚之の姿はなく、しんと静まり返っている。

どこか近くに隠れていて、遥子を驚かせようと待ち伏せしているのだろう。

「お母さん疲れちゃったから、隠れてないで出てきて」

そう声を掛けても、どこからも返事はなかった。

2

ひと足先に頂上に着いた尚之は、銀杏の木の裏側に回って身を隠すと、膝《ひざ》を抱えてしゃがみ込み、じっと息を潜めた。

お母さんが登ってきたら、いきなりここから飛び出してびっくりさせてやろう。

驚いた顔を想像すると、自然とくすくす笑いが出てくる。

だが、いくら待ってもお母さんは頂上に登ってこなかった。

疲れてどこかで休んでいるのだろうか。待っているうちに尚之はだんだんと不安になってきて、木の陰から顔を出した。

「お母さん」

声を出して呼んでみたが、返事はない。

続けて何度か呼びかけてみたが、やはり声は返ってこなかった。

先に帰っちゃったのかな……。

そう思い、元来た道を逆に歩き始めた。

鳥居の辺りで待っているかもしれないと思ったが、誰もいなかった。

仕方なく、尚之は団地まで戻ることにした。以前に、お母さんと自宅近くのスーパーではぐれた時も、一人で家まで帰ったことがある。

離れた場所に見える団地の建物を目印に、尚之は歩いて行く。

団地の敷地内に入っても、並んでいる建物はどれも同じに見えて、尚之は迷った。それぞれの建物を識別するものは、側面に書かれた棟番号くらいだったが、おじいちゃんとおばあちゃんの住んでいる団地の棟が何号か、尚之は思い出せなかった。

位置関係などから記憶を導き出し、おそらくこれだと思われる棟を見つけ出した。

集合ポスト脇《わき》の短い階段を駆け上がり、モスグリーンに塗られたスチール製の団地のドアを叩いたが、中から返事はない。

仕方なく、一度、建物の外に出てベランダ側に回ってみた。そこにある筈《はず》の広い芝生は見当たらず、小さな花壇や畑がある庭になっていた。建物を間違えたのだろうか。

それぞれの陣地のように柵の設けられた花壇や畑の間の細い通路を、探検気分で尚之は進んで行く。物置や、古い風呂桶《ふろおけ》なども置いてあった。積んであるブロックを踏み台に風呂桶の中を覗いてみると、濁った雨水が三分の一ほど溜まっている。側面を靴の爪先で軽く蹴《け》ると、水面に浮かんでいたボウフラが身をくねらせながら水の底に潜っていく。それが面白くて尚之は暫くの間、風呂桶の中を覗き込んでいたが、やがて不安になってきた。

再び団地の建物に近づき、今度はベランダ側から部屋の中を覗いてみた。外の風景は違っているが、どうしてもそこがおじいちゃんたちの住む部屋だと思えてならない。

背を伸ばすと、ちょうどベランダの柵の足元辺りに顔が届いた。中を覗くと、見知らぬ女の子が、ダイニングテーブルに向かって何か書いているのが見えた。尚之より二つか三つ年上の、たぶん六年生くらいだろう。

不意に女の子が尚之の方を向いて、短い悲鳴を上げた。部屋の中からだと、ベランダの柵の間から生首が顔を覗かせているように見えるのだろう。

女の子が近づいて来て、ベランダのサッシを開ける。

「何やってるの？」

「部屋がわからなくて迷子になっちゃった」

尚之がそう答えると、女の子は納得したように、ああ、と言って頷《うなず》いた。

「ちょっと待ってて」

一度部屋の中に入り、戻ってきた女の子の手には靴がぶら下がっていた。

ベランダの手摺《てす》り越しに靴を外に放り投げ、女の子はよっと勢いをつけて飛び上がり、柵を跨《また》いで越える。

地面に着地すると、女の子は靴に足を通した。

「一緒に捜《さが》してあげる。どの辺かわかる？」

尚之は首を横に振る。

「このお部屋だと思ったんだけど……」

女の子が出てきた部屋を、尚之は指差した。

「お父さんかお母さんは？」

「さっきまでお母さんと一緒だったんだけど、はぐれちゃった」

「どこで」

「ひょうたん島っていうところ」

「ふうん」

腕を組んで、女の子は考えている。

「じゃ、ひょうたん島に行ってみようか」

そう言うと、女の子は尚之の手を握り、引っ張るようにして歩き出した。

「大丈夫よ。きっと見つかるわ」

母の清美にそう声を掛けられても、遥子は返事をする気になれなかった。

ひょうたん島で尚之が行方不明になってから、もう十時間以上が過ぎている。時刻は深夜十二時を回っていた。尚之がどうしているかを考えると、叫び出しそうな気分だった。

ふっと掻き消えるように尚之がいなくなってから、必死になってひょうたん島の周辺を捜し、もしやと思って団地まで引き返してみたが、やはり尚之は戻っていなかった。

迷子になっているのかもしれないと思い、自転車に乗って再び付近を隈《くま》なく捜したが、見つからなかった。

こういう時に、自分がこれほどまでにおろおろするとは思ってもみなかった。半泣きになって、仕事に出掛けていた父の武広の携帯に電話を掛けると、すぐ警察に届け出るように言われた。

それからのことは慌ただしくてよく覚えていない。パトカーがやってきて、所轄署に連れて行かれ、詳しい事情を聞かれた。尚之らしき子供は交番などにも保護されておらず、警察と地元の消防団の人たちが、ひょうたん島の周辺で捜索《そうさく》や聞き込みをし、夕方からは警察犬も出たらしいが、結局、行方はわからなかった。

所轄署で、尚之の特徴や着ていた服、それに行方がわからなくなる前後の詳しい状況や、それ以外の家庭環境などについて根掘り葉掘り聞かれた後、仕事を切り上げてきた父の武広が迎えに来て、ひと先ず団地に戻った。

尚之から目を離していたのは、ほんの一、二分の間だった。

山頂へと続く道らしい道は、遥子が歩いていた一本道しかなく、誰かが尚之を連れ去ったのなら、気がつかない筈はないように思えた。警察でも繰り返し同じことを聞かれ、そもそも本当に子供を連れて、ひょうたん島まで行ったのかどうかすら疑われたが、事実がそうなのだから仕方がない。子供が落ちるような古井戸などの類いも辺りにはなく、まったく神隠しのような様相だった。

「あそこは『不知森《しらずもり》』だからな」

同じくダイニングテーブルについていた武広が言った。さすがに今日は晩酌どころではなく、手元にビールはない。

「何よそれ」

「禁足地なんだ。神隠しがあるから、神社を祀って人が入らないようにして……」

「今、そういう話はやめてくれる」

苛々《いらいら》した気持ちで遥子は言う。こんな時に迷信を持ち出すなんて、馬鹿馬鹿しいにも程がある。

遥子の口調に、かなり尖《とが》ったものがあったのか、武広はそれっきり黙ってしまった。

重苦しい沈黙がダイニングに広がったところで、不意に玄関のチャイムが鳴った。

「誰かしら」

清美が玄関へと向かう。こんな真夜中に来客など普通はあり得ない。警察関係者だろうか。

「すみません、夜遅くに」

玄関から聞こえてきた声に、思わず遥子は立ち上がった。

昭彦だ。そのまま玄関に向かうと、会社帰りのスーツ姿の昭彦が立っている。

「あなた……」

「警察から連絡があった。尚之は、まだ見つかっていないのか」

思わず体が強《こわ》ばった。捨て科白《ぜりふ》めいたことを言って家を出てきたので、合わせる顔がなく、遥子は顔を伏せる。

警察に聞かれるまま、子供を連れて実家に戻っている最中であることや、家庭の状況なども話したから、昭彦のところにも連絡があったのだろう。まだ離婚しているわけではないが、子供の連れ去りは別れた配偶者などによることも多いと警察で聞いていた。

清美に促され、昭彦は玄関を上がるとダイニングに入った。

武広と無言で挨拶を交わし、勧められるままに椅子《いす》に座る。

「仕事は？」

我ながら険のある色合いの声が出た。お茶を出そうとしていた清美が、そんな遥子を咎《とが》めるような視線を送ってくる。

「それどころじゃないだろう。車を飛ばしてきたんだが、それでもこんな時間になってしまった。すまない」

昭彦がそう言って頭を下げる。

そんな昭彦の態度に、遥子は困惑した。遥子が目を離していたせいで尚之の行方がわからなくなったというのに、責めようともしない。

「会社に事情を話して、明日から暫く休みを取った。警察が動いているなら僕にできることは何もないかもしれないが、とにかく今は一緒にいよう」

言葉もなく遥子は項垂《うなだ》れた。いろいろあって尚之を連れて家を出て来たが、こうなってしまうと逆に昭彦がいてくれることが頼もしく思える。

「昭彦さんも来てくれたし、少し休んだら」

清美が声を掛けてくる。

「お義母《かあ》さんの言うとおりだよ。休めるうちに休んだ方がいい。ずっと起きていたら体がまいってしまう」

一緒になって昭彦も促してくる。心配でとても眠れそうには思えなかったが、確かにそのとおりかもしれない。

頷いて遥子は立ち上がる。

不意に昭彦と目が合った。何か言おうとして口を開いたが、何も言葉が浮かんでこない。

昭彦は、ただ黙って頷いただけだった。

奥の四畳半に入り、布団を被《かぶ》った。いつもは狭い寝床で尚之とタオルケットを取り合って寝るのだが、一人だと、どうも落ち着かない。

眠ろうと思えば思うほど、目は冴えてきて尚之の顔ばかりが思い浮かぶ。

尚之の身に何かあったら、どうしたら良いのだろうか。

3

「本当はここ、勝手に入っちゃいけないんだよ」

咎めるような口調で女の子は言った。

「神社の人に見つかったら怒られるんだから」

そうは言いながらも、女の子は辺りを見回し、軽々と囲いを越えて向こう側に渡った。

尚之も中に入り、一緒に濡れた落ち葉を踏みながら、ひょうたん島の頂上を目指す。

「名前は何ていうの」

「小林尚之」

「団地に住んでるの？」

「ううん。おじいちゃんの家があって……」

「ああ、それで迷ったんだ」

話しながら歩いているうちに、二つある頂上のうちの低い方に出た。

そこからは周囲の景色が一望できる。同じ形をした団地の建物が、レゴブロックで作られた町のように、列になって並んでいる。

その隅に、団地の子供たちの殆どが通っているのであろう、小学校の広い校庭が見えた。

「あ！　あの小学校、さっき行ったよ」

「そうなの？」

「タイムカプセルを探しに……」

その尚之の言葉で、女の子は何かを思い出したようだった。

「いけない、忘れてた」

「どうしたの」

「宿題で、未来の自分に宛てた手紙を提出しなきゃならないんだけど、書きかけだった」

先ほど、尚之が部屋を覗いた時に書いていたものだろう。

「戻る？」

困ったような表情を浮かべている女の子を見上げ、尚之は言う。

「でも、こっちの方が大事だと思うから、後にする」

尚之の不安をぬぐい去ろうとするように、笑顔を浮かべて女の子は言った。

「来年の春には卒業だから、手紙はその時にタイムカプセルに入れて埋めるんだって」

「ねえ、もしかしたら……」

「何？」

「お姉ちゃんの名前、遥子っていうんじゃない？」

「えっ、何で知ってるの」

女の子は目を丸くして尚之を見た。

「やっぱり。何だかさっきから変だと思ってたんだ。やっぱりお姉ちゃんの住んでいたあの団地の部屋が、僕の捜していた部屋だよ。僕、もう帰れないかもしれない」

言っているうちに、尚之の目に涙が浮かんできた。

「どうしたの」

心配そうに女の子が顔を覗き込んでくる。

「大丈夫だよ。お姉ちゃんが何とかしてあげるから。そうだ。この場所って、神隠しだっけ？　そういうのが起こるところだって聞いたことがあるから、神社に行ってどうしたら戻れるのか聞いてみようよ」

励《はげ》ますように女の子はそう言うと、尚之の手を引いて歩き出した。

丸二日経《た》っても捜索に進展はなく、警察から良い連絡はなかった。

昭彦を連れて、遥子はひょうたん島にやってきた。

敷地内とその周辺は、徹底的に捜索されていたが、尚之の靴の片方すら見つかっていない。

鳥居の前に立ち、遥子はひょうたん島の斜面を見上げる。

警察や消防団の他にも、団地の自治会や地元の小学校のＰＴＡの有志たちなどが集まって、今日も捜索は続けられている。そちらには武広と清美が頭を下げに行ってくれている。

もう散々捜索した後だとわかってはいるが、どうしても自分で現場を捜さないと納得がいかないと昭彦が言い出した。

遥子が止めるのも聞かず、隣接する神社に顔を出し、昭彦は土下座しかねない勢いでひょうたん島に入る許可を取りつけた。神社の人は親切で、一昨日からの騒ぎでかなり迷惑を被《こうむ》っているにも拘《かか》わらず、快くそれを許してくれた。

「いつだったか、尚之が高熱を出したことがあったよね」

頂上への細い道を歩きながら昭彦が言う。尚之がインフルエンザに罹った時のことだ。

「あの時は、取引先との接待で飲んでいて、どうしても席を外せなかったんだが、今思うとぞっとする。そんなくだらない用事で、もし尚之の身に何かあったら、僕は一生後悔することになっただろう。君がしっかりやってくれていたから、それに甘える気持ちもあったんだろうな」

無言で遥子は歩いて行く。今さらそんなことを言われても、何と答えていいかわからない。

「あれから反省したんだ。もう何があっても、尚之より仕事の方を優先するようなことはやめようってね」

低い方の頂上を過ぎ、一度下ってから、もう一つの頂上に向かった。

遥子の脳裏に、一昨日の光景が過《よ》ぎる。走り始めた尚之を先に行かせ、息を切らせながら遅れて山頂に辿り着いたが、先に着いて待っている筈の尚之の姿はなかった。

銀杏の大木が生えている頂《いただき》に辿り着くと、昭彦は、武広から借りたジャージの袖口で額に浮き出た汗を拭《ぬぐ》った。

昭彦が拍子抜けしていることが表情から窺《うかが》えた。もっと大きな山か、広い雑木林を想像していたのかもしれない。だがそこは、遥子自身が警察で何回も聞かれたように、ほんの少しの隙に、人の姿を見失うような場所ではなかった。

無言で昭彦は辺りを見回している。

「尚之に何かあったらどうしよう……」

遥子の口から、初めて弱音が漏れた。もう意地を張っているような状況ではない。こうなってしまうと、不安を表にさらけ出せる相手は昭彦しかいなかった。

「私……私……」

後はもう声にならない。顔を覆った手の隙間から涙が溢《あふ》れてくる。

「泣いても始まらない」

冷静だが、ごく穏やかな口調で昭彦が言った。

「ごめんなさい。でも……」

「それに、泣く必要はない。まだ何もわかっていないんだから」

確かにそうだった。脅迫めいた電話が掛かってきたわけでもないし、事故や事件に巻き込まれたような痕跡《こんせき》もない。ただの迷子とは考えにくいが、かといって誘拐などの犯罪に巻き込まれたという確証もなかった。

結局、何の手掛かりも得られないまま、二人は団地まで戻ってきた。

いつ尚之が戻ってきてもいいように、家には清美が待機していたが、遥子と昭彦が戻ってくると、自治会の捜索に加わっている武広を手伝うために、出掛けて行った。

「何か届いてるよ」

昭彦に言われ、ダイニングテーブルの上を見ると、公共料金の支払いの請求書やダイレクトメールと一緒に、遥子宛の大きな封筒が置いてある。差出人を見ると、クラス会の幹事からだった。

そういえば、一昨日はタイムカプセルを掘り出す手伝いをした後、夕方から出掛けるつもりでいたが、尚之のことがあってすっかり忘れていた。消印は昨日になっている。地元に住んでいる元同級生も何人かいるから、今ごろは噂の的になっているかもしれない。

指で千切って封筒を開くと、遥子は中に入っているものを取り出した。

「あ……」

それを見て、遥子は言葉を失った。封筒から転がり出てきたものは、尚之が身に着けていた、『DC』と書かれた雑誌の付録のバッジだった。

「どうした」

「これ、尚之の……」

だが、それを拾い上げて見てみると、デザインは確かに尚之が身に着けていたものと一緒だったが、バッジの裏側や安全ピンは、年月を経たようにすっかり錆《さ》びついている。

他には、きっちりと糊付《のりづ》けされたキャラクター封筒と、幹事からのものと思われる、パソコンで打たれた手紙が入っていた。

拝啓、時下ますますご清栄のこと……から始まる幹事からの手紙は、おそらく同じ文面をコピーしたもので、クラス会に不参加だったが住所のわかっている人に、タイムカプセルに入っていたものを送付する旨が書かれている。

未来の私へ、遠野《とおの》遥子より、と封筒には書かれていた。自分が書いてタイムカプセルに入れたものだろう。遠野は遥子の旧姓である。

「開けてみたら?」

遥子は頷き、今度は慎重にハサミを使ってその手紙の封を切った。

中からは、封筒に使われているのと同じキャラクターの便箋が二枚、出てきた。

『未来の私へ。六年一組、遠野遥子。

尚之くんが迷子になっています。

一緒に入れたバッジが証拠です。

ひょうたん島は、本当は、しらず森というそうです。神社の人に聞いてみましたが、しらず森で神隠しがあった時は、消えた場所で「もういいかい、もういいかい」と返事があるまで呼びかけなければいけないそうなので、すぐにやってください。

それから、尚之くんが悲しんでいるので、お父さんとお母さんはもっと仲良くしてください』

遥子と昭彦は顔を見合わせた。

「いたずらかしら。そうだとするとずいぶんたちが悪いけど……」

「尚之がいなくなった時、バッジをしていたのは誰か知っているの?」

言われてみると、遥子ですらそのことを失念していた。

警察でも、失踪《しっそう》時の尚之の服装などについては聞かれていたが、バッジのことは忘れていて伝えていない。

バッジが証拠と書いてあるが、これがタイムカプセルから出てきたのなら不可解なことだ。そのバッジは、尚之の好きなアニメに出てくるものだが、当時はアニメどころか原作の漫画の連載すらも始まっていなかった筈だ。それが錆びついて出てくること自体が異常だ。

「行って、呼びかけてみるか?」

驚くことに、昭彦の方からそう言い出した。

同じことを遥子も考えていたが、昭彦の性格を考えると、口にしたら呆《あき》れられるか馬鹿にされると思っていたのだ。

遥子は頷いた。二人揃《そろ》って名前を呼んでやらなければ、尚之はもう帰ってこないような気がした。


最初にお母さんとはぐれた大銀杏の根元に、尚之は膝を抱えて蹲《うずくま》っている。

夕方になり、辺りは黄金色の陽光に包まれていた。

じっと息を潜め、尚之は団地のスピーカーから聞こえてくる、子供たちに帰宅を促す寂しげな「エーデルワイス」のメロディに耳を傾けていた。

学校の宿題で調べ物をしていると嘘《うそ》をついて、女の子が神社の宮司さんから聞き出したところでは、ひょうたん島は、本当は『不知森』という名で、昔から神隠しの多い場所なのだということだった。

子供がいなくなってしまった時は、その場所で子供の親や兄弟が「もういいかい、もういいかい」と返事があるまで辛抱強く声をかけ続けなければならない。神隠しに遭った子供は、心と耳を澄ませてその声を聞き、向こうが気づいてくれるまで「まあだだよ、まあだだよ」と答え続ける。

「もういいよ」と答えてしまうと二度と帰ることができないから、それだけは気をつけることだと年老いた宮司さんは笑いながら言っていた。

中に入ってみてもいいですか、と女の子が言うと、一応、立入禁止にしているけれど、近所の人がぎんなんを拾いに来たり、子供がカブトムシを捕りに来たりしていることは宮司さんも知っているようで、くれぐれも怪我《けが》をしたりしないようにね、と言って許してくれた。

二人はひょうたん島に取って返し、山頂の大銀杏まで戻った。この銀杏は雌株で樹齢三百年を超えており、昔は、この銀杏に住まう天狗《てんぐ》が子供をさらって行くと信じられていたのだと宮司さんは言っていた。

大きな銀杏の木の根元に並んで膝を抱えて座り、尚之と女の子はいろいろなことを話した。

お父さんとお母さんが、最近、あまり仲が良くないこと。もしかしたらお母さんは、尚之を連れて家を出るつもりなのかもしれないということ。そして、尚之がそう感じ取っているのを、たぶん周りの大人たちは気がついていないだろうということ。

「じゃあ、私が手紙を書いてあげるよ」

じっと尚之の話に耳を傾けていた女の子が言った。

「どうせ何を書くか決めていなかったし、そうする」

女の子は尚之に笑いかける。それは尚之がよく知っている人の笑顔にそっくりだった。

着ているトレーナーの胸元に留めてあるバッジを外し、尚之は女の子に手渡した。

「これもタイムカプセルに入れて」

「いいの？」

「これが一緒に入っていたら、きっとお母さんも信じてくれると思う」

女の子は頷いてそれを受け取ると、しっかりと尚之の手を握った。

やがて、日はうっすらと暮れ始めた。

ひょうたん島の山頂から見える団地の窓が、一つ、また一つと灯《とも》り始める。

小さな声で「まあだだよ、まあだだよ」と呟《つぶや》き続けている尚之の耳に、微《かす》かに「もういいかい、もういいかい」と呼びかける声が聞こえてきたような気がした。

一人ではない。お父さんとお母さんの両方の声が、交互に、そして重なるようにして聞こえてくる。

尚之は女の子の手を強く握った。女の子はしっかりと握り返してくる。

そんな間違いを犯す筈もないが、「もういいよ」と言ったらおしまいだと思うと怖くて、尚之の心臓は、痛いくらいに強く鼓動を刻んだ。

瞼《まぶた》を固く閉じ、お父さんとお母さんの声を聞き落としてしまわないよう集中しながら、こちらの居場所を知らせるために「まあだだよ」と言い続ける。最初のうちは小さな呟きだった声が、次第に大きくなる。

ここにいるよ、早く見つけてと心の中で念じながら、尚之はお父さんとお母さんが二人合わせて自分を捜す声に答え続けた。

「尚之！」

握っていた女の子の手の感触が、ふっと消えると同時に、お父さんの大きな声が聞こえた。

我に返って尚之が目を開くと、濃い青色に染まった夜空を背に、黒い人影が立っていた。

「お父さん！」

叫ぶと同時に尚之は立ち上がり、その人影に向かって抱きついた。

「遥子、いたぞ！」

昭彦が声を張り上げる。

もう一つの影が駆け寄ってきて、尚之の名前を叫びながら、抱きついてきた。

大人二人に両側から挟まれるように抱き締められ、尚之はわけもわからず声を上げて泣いた。お父さんもお母さんも泣いているようだった。

ついさっきまで、一緒に銀杏の木の根元に座っていた女の子の姿を尚之は捜したが、どこにもいなかった。

「さあ、おうちに帰ろう」

やがて、落ち着いてきたところで遥子がそう言った。

もうはぐれてしまわないように、片方の手でお母さんと、もう片方の手でお父さんと、しっかり手を繫ぎ、二人の間にぶら下がるようにして、ひょうたん島から出る道を尚之は歩いて行く。

「おうちって、どっちのおうち？」

不安な気持ちで二人を見上げながら言う尚之に、昭彦がきっぱりとした口調で言う。

「もちろん、お父さんとお母さんと尚之の三人のおうちだ」

その言葉に、少し考えてからお母さんが頷くのが見えた。

団地の孤児

1

――人類は滅んだ。この世界で生き残ったのは、ここにいる三人の家族だけだ。

確かに、父はそう言っていた。

その部屋はとても狭く、成形されたプラスチックのような材質でできていた。たとえるなら、ユニットバスを大きくしたような感じで、壁には棚《たな》状に穿《うが》たれた二段ベッドがあった。

父は青白い蛍光灯の明かりを頼りに、ずっと文庫本を読んでいた。

退屈を持て余した母は編み物などをやっていたが、密閉された場所が落ち着かないのか、長く続けてはいられないようだった。食事は三食とも、缶詰か真空パックになった非常食か宇宙食のようなもので、最初は物珍しく感じたが、あまりおいしいものではなかった。

部屋にはテレビもなく、まだ小さかった僕は、そこから早く出たくて泣いて駄々をこねた。

その時に、父が口にした言葉がそれだった。

もう世界は滅んだから、テレビなんかやってない。外に出ても、人なんて誰も生き残っていないんだ、と。

僕はそれを真に受け、二つしかないベッドの片方に母と一緒に潜り込むと、不毛の地となった外の世界を思い、絶望とともに眠りについた。

何で僕たち家族は、あんな場所に閉じ込められていたのだろう。

或《ある》いは、記憶がごっちゃになっているだけで、映画かテレビで見た光景を、自分たちの家族に当てはめて混同して覚えているだけなのだろうか。

確認するためには両親に直接、聞くのが一番なのだが、生憎《あいにく》、父は僕が小学校の低学年の頃に家を出て行ってしまった。

母は健在だが、認知症を患《わずら》っていて、今は僕が面倒を見ている。あの部屋の記憶について問うても、おそらく的を射た答えは得られまい。

だから、あの光景というか、秘密の部屋のような場所は、僕にとってはまったくの謎《なぞ》のままなのだ。

「私は膝《ひざ》が悪いのよ。畳の部屋じゃなくて、上の会議室に替えてもらえないかしらね」

団地の自治会役員と、各棟の班長たちが数十人集まった総会の席で、そんなことを言い出したのは平野《ひらの》という老婆《ろうば》だった。

「じゃあ上から椅子《いす》を借りてきますよ」

気を利かせてそう言い、僕は立ち上がった。

「私一人だけ畳の上に椅子を置いて座るなんて、みっともなくて嫌だわ……」

平野がぶつくさと文句を言う。

「二階の部屋は今、他の人が使っているみたいなんですよ」

「だから、その人たちに部屋を替わってもらえばいいじゃないの。あなた、頼んできてよ」

「いいじゃないか、椅子で」

自治会長の鶴田《つるた》が苛々《いらいら》とした口調で言う。

「甲田《こうだ》くん、椅子を借りてくるなら早く行ってきてくれよ。これじゃ会議を始められない」

老人である平野に当たるわけにもいかないからか、どういうわけか僕がとばっちりを受けるはめになった。

団地内の公民館の一階にある、三十畳ほどの広い和室を出て、二階へと上がる。

生け花教室をやっている大会議室のドアをノックし、事情を話して部屋に備え付けのパイプ椅子を一脚、借り出した。

この団地では、春と秋の年に二度、自治会の総会がある。各棟に一人ずつ、回覧板などを管理する班長がいるので、数十名近い人数が集まっていた。

僕はこのマンモス団地の自治会の副会長を、もう三年もやっている。

任期は一年で、各棟で順番に持ち回りの筈《はず》なのだが、自治会の役員は様々な理由で断る人が多く、一度就任してしまうと、後釜がなかなか見つからない。それがわかっているから引き受け手がおらず、場合によっては何年も役職を続けることになる。悪循環なのだが、もうずっと改善されていない。

仕事が忙しいから、母子家庭で子供の面倒を見なければならないから、年寄りばかりの世帯だから……。

断る理由はいろいろだが、僕だって部屋に戻れば、認知症の母がいる。

これから介護が必要になってくるであろう母のために、ちょうど希望退職者を募っていた勤め先を辞めた。今は早朝から昼前までの短い時間ではあるが、仕出し弁当屋でバイトをしている。今後のことを考えて、在宅ワークが可能な仕事を得るための資格の勉強もしているのだが、お互いの家庭の事情に関心がない団地の住人たちには、僕のような人間は暇そうに見えるらしく、自治会の役員を断ることは許されないようだった。

今日も朝から、総会の準備に駆り出された。机を並べたり、ペットボトルのお茶を運んできて用意したり、会議の資料をコピーしてホッチキスで綴《と》じたり。こういう自治会の活動は、時間に余裕のある人ほど手伝ってくれない。

僕が戻ると、すでに総会は始まっていた。

会計の報告、自治会の会則の確認など、予《あらかじ》め決められた議事が、淡々と進行していく。

以前は、団塊《だんかい》の世代で元全共闘だという噂《うわさ》のある、市役所職員を退職して年金暮らしをしていた霧島《きりしま》という名の爺《じい》さんが、何かというと予算の使い途《みち》や議案に異議を唱えて無駄に会議を長引かせたりしていたが、長い間、自治会から疎《うと》まれ続けてきた霧島も、昨年、息子夫婦と一緒に暮らすために団地から出て行った。

役員だけの事前の打ち合わせでは、今回はスムーズに終わるだろうと考えていたが、その予想は甘かった。

「えー、最後に何か質問や提案等がなければ、これで秋の総会を終わりますが……」

例年であれば、ここで霧島さんが颯爽《さっそう》と手を挙げ、議案の何々がナンセンスだとか重箱の隅を突《つつ》くようなことを言い出すのが常だったが、今日はこのまま何もなければ、お開きになる予定だった。

ところが、真《ま》っ直《す》ぐ指先を天井に向けて手を挙げた人がいた。

畳敷きの和室の隅に椅子を置いて座っている平野だった。

「この間の迷子騒ぎの件なんだけど……」

場がざわざわとなる。

それは、つい二か月ほど前に起こった事件だった。

南5号棟の遠野《とおの》さんのところに、母親と一緒に里帰りしていた小学生の男児が、団地に隣接する、通称『ひょうたん島』と呼ばれている神社の禁足地で行方がわからなくなり、二日ほどの間、消息不明になった。

一時は警察犬まで出動する騒ぎになり、自治会でも捜索《そうさく》の手伝いや、団地に住む児童の見守りや団地内の監視などを行ったりした。

だが、結局は姿を見失ったのと同じ場所で両親によって保護された。ただの狂言だったのではないかとの噂もあり、人騒がせな事件だったのだが、それを機に、団地内での防犯の強化という、お題目のような課題も、今日の総会資料には加えられていた。

実際には、安全パトロールという名目の、火の用心の見廻《みまわ》りの回数を、ちょっと多くする程度なのだが。

「うちにも孫がいるし、本当に誘拐《ゆうかい》だの何だのがあったら怖いわ」

「そうですね。えーと、で、どうすればいいのかな」

何か用事でもあるのか、鶴田がわざとらしく腕時計をちらちらと見ながら答える。

そういえば、この平野という婆《ばあ》さんも曲者《くせもの》だった。

霧島と違って口調や物腰は柔らかだが、明らかに自治会が行うようなことではない事案を持ち出してきて、総会を混乱させる。

何年か前にも、団地の地デジ化にあたり、うちはテレビを買い換える余裕がないから、チューナーを自治会費で購入し、必要な世帯に提供して欲しいなどと言い出した。アンテナは共同のものだから仕方ないが、各世帯にチューナーまで配って回れないと断っても聞き分けず、ごね得を狙《ねら》った他の住民たちも巻き込んで、困らされたことがあった。

「ほら、勝手に住んでいる人がいるじゃない。あれ、何とかして欲しいわ」

思わず僕は鶴田と視線を合わせる。それは長い間、自治会でも見送り続けていた問題だった。

平野が言っているのは、東9号棟の向こう側にある空き地に捨てられた廃車に住み着いているホームレスのことだ。

団地には死角のような場所がある。ぽっかりと異空間のように放置された区画のことだ。

そこは不法投棄が絶えず、十年に一度くらい、お金を出して産廃業者を呼び、粗大ゴミやがらくたの類《たぐ》いを片付けて綺麗《きれい》にするのだが、数年するとまたいつの間にか元に戻っている。そういう場所は、団地の住民たちの生活動線からも微妙に外れていたりするので、気に掛ける人も少なく、元々腰の重い自治会は、なかなか立ち上がろうとしない。

ナンバープレートが外されて放置されている軽バンに、人が住み着いているという噂は僕も聞いていた。犬まで飼っているようで、ペット厳禁の団地の中を、犬を連れて散歩している姿を見かけたと、その方面からの苦情もあった。

痩《や》せた体に長髪、それに長い髭《ひげ》を生やしており、子供たちの間では、キリストおじさんなどと呼ばれているらしい。

「何とかしろって言われてもなあ……」

これが自治会の仕事かどうかは微妙だった。自分たちが当事者になって解決に当たるのが嫌なので、毎年毎年、自治会では先送り事項になっている。

だが、迷子事件という具体的な事柄が起こると、さすがに知らんぷりを決め込むわけにもいかない。

「一度、警察署に相談にでも行ってみますか」

僕がそう言うと、役員の何人かが難色を示した。

「でも、無理に追い出そうとして逆恨みでもされたら……」

確かに、警察に頼るのも、事が大袈裟《おおげさ》に過ぎる気がしなくもない。キリストおじさんは、ただそこに住み着いているというだけで、特に犯罪めいたことを起こしたり団地の住人に目立った迷惑を掛けているわけでもないのだ。

「ここは穏便に、まずは話し合ってみるのがいいんじゃないか」

鶴田が言う。

「でも、誰が……」

自治会の役員たちの視線が自分に集まっていることに僕は気づいた。この後はお決まりの科白《せりふ》だ。

「こういうことは、若い人にお願いするのがいいと思うな」

やっぱりだ。年寄りは提案するだけして、実際にやるのは若い人、というわけだ。

2

その場所を訪ねるのは久しぶりだった。

団地の中にあるわけだから、僕の住む棟から歩いても十分足らずなのだが、やはり死角になる場所というのは、蜘蛛《くも》の巣のように張り巡らされた住民たちの、生活動線から外れた、綻《ほころ》びのような場所なのだろう。

入口には、バリケードのように古タイヤや壊れた洗濯機などの粗大ゴミが山と積まれ、まるで砦《とりで》の虎口《こぐち》のようになっていた。自然にそうなったのか、それともここに住んでいるキリストおじさんの手によるものなのかは、もちろん僕は知らない。

注意深く人の気配を探りながら、僕は足を踏み入れた。空き地の中央は割合に地面が覗《のぞ》いているスペースも広く、中庭のようになっている。目を引くのは、古い型の軽バンの廃車だった。

タイヤは全て空気が抜けて潰《つぶ》れ、フロントガラスもサイドの窓も、全て割られたか外されたのか、ベニヤ板や工事現場で使うブルーシートで目張りがされている。

キリストおじさんは、この軽バンに寝泊まりしているということだったが、外から見る限り、中に人がいるかどうかの判断はつかなかった。この状況で車のドアをノックし、声を掛けるのは、かなり勇気のいる行為だ。

ざっと僕は辺りを眺める。犬を飼っているという話だったが、見当たらない。だが、餌皿《えさざら》として使われているらしき食器と、地面に打ち込まれた太い鉄筋の切れ端に繋《つな》がれた鎖があり、確かに何かを飼っている気配はあった。

僕は困惑した。やはり、鶴田か誰かに、一緒に付いてきてもらうべきだった。ここに住んでいる人に、出て行ってくれという話を一対一でする自信はとてもない。

キリストおじさんの姿が見えないのは、僕にとってはむしろ幸いだった。

一応、自治会でも対応しましたよ、というアリバイ的な事実があればいいわけで、平野には訪ねてみたが留守だったと伝え、後は自治会の役員会で、行政なり警察なりに相談するように提案すればいい。

そう考えていた時、背後で小型犬のきゃんきゃんした鳴き声が聞こえてきた。

慌てて僕は振り向く。

そこには犬の首輪に繋いだリードを手にした男が立っていた。

キリストおじさんだ。

遠目に見かけたことはあったが、こんな至近距離で会うのは初めてだ。

髪の毛と髭は伸び放題で、瘦せた体軀《たいく》と相俟《あいま》って、なるほど、宗教画に描かれたキリストを連想させる風貌《ふうぼう》だった。

頭には荊冠《けいかん》ならぬペイズリー柄の黄色いバンダナを巻いており、どこかの建築会社の社名が胸元に刺繡《ししゅう》された作業着に、太ももの外側にポケットのついたベトナムズボンという出で立ちだった。

まめに体を洗っているのか、意外にござっぱりしていて不潔感はない。せいぜい、年季の入った無職のおじさんといった程度だ。

その足下では、柴犬に似た雑種の小さな犬が、頻《しき》りにこちらに向かって吠《ほ》えている。

キリストおじさんは、特に声を発することもなく、じっと僕を見ていた。

「あの、僕はこの団地の自治会の者なんですが……」

おずおずと僕は口を開く。

何故《なぜ》かおじさんは、落胆したかのように表情を曇《くも》らせた。

無視するかのように僕の傍《かたわ》らを横切ると、軽バンのサイドのスライドドアを開く。

後部座席は外されているようで、割合に広い空間が見えた。マットレスが敷かれており、天井には食器や生活用品を吊《つる》すラックや、隅には本棚のようなものも設《しつら》えられている。カプセルホテルか、コックピットのような感じだった。

おじさんは小犬を鎖に繋ぐと、軽バンの中に体を半分潜り込ませ、助手席の辺りに手を伸ばして何かを取り出した。

「コーヒー、飲むか」

声を掛けるのを躊躇《ためら》っている僕に、おじさんの方が先に声を掛けてきた。

「はあ」

イエスともノーともつかない曖昧《あいまい》な返事をすると、おじさんはカセットコンロとケトルを出して、それを地面の上に置き、ラベルの剝《は》がれたペットボトルから水を注いでお湯を沸かし始めた。

その間も、おじさんが飼っている小犬は唸《うな》り続けている。

どうしたら良いかわからず突っ立っている僕に、おじさんは空き地の隅に捨てられているダイニング用と思《おぼ》しき椅子を指さし、持ってくるように仕種《しぐさ》で示した。

背板の一部が壊れているそれを、カセットコンロの近くに持ってくると、僕はそれに腰掛けた。

おじさんはコンクリートブロックを椅子代わりにして座り、内側に泡のつきはじめたケトルの中を、じっと見つめている。

「こちらにお住まいになっているんですよね」

椅子の方が高いため、見下ろすような形で、僕はおじさんに声を掛けた。

おじさんは顔を上げてじろりと一瞥《いちべつ》をくれると、再びケトルの中に視線を戻す。

「一応、団地内ではペットの飼育は禁止になっているんですが……」

いきなり出て行ってくれとは言えず、まず何から切り出したものかわからなくて、僕はそう言った。

少しおとなしくなりかけていた小犬が、まるで人語を解しているかのように、またきゃんきゃんと吠え始める。

参ったなと思いながら、おじさんを見たが、特に何も反応はない。

一刻も早く用件を伝えて、この場から立ち去りたかったが、完全にそのタイミングを失っていた。

おじさんは、クッキングペーパーを折り紙のように器用に三角形に折り、それをフィルター代わりにしてコーヒーの粉を漉《こ》し始めた。

やがて香ばしい匂いが鼻腔《びこう》に届いてきた。おじさんは、高級感を醸《かも》し出すための柄が却《かえ》って安っぽく見えるプラスチック製のティーカップに、二杯のコーヒーを注ぐと、そのうちの一つを僕に手渡した。

持ち手を握り、じっと黒い液体の表面を眺めている僕に、おじさんがぼそりと言う。

「別に変なものは入っていない。水は団地内の公園の水飲み場から汲《く》んできたものだ。食器も綺麗に洗ってある」

僕が口をつけるのを躊躇《ちゅうちょ》していると考えたのか、おじさんはそう言った。

「いいえ、猫舌なだけです」

コーヒーの表面に揺らめいている白い湯気を息で吹き飛ばし、僕は熱いのを我慢してひと口啜《すす》った。

「君は、いつ頃からこの団地に住んでいるんだ」

おじさんの方から質問してきた。

「えーと……小学校に上がる時に引っ越してきたんで、もう三十年くらいになると思います」

「そうか。だったら以前に会ったことがあるかもしれないな」

視線を合わせようとせず、カップの中の黒い液体を見つめながらおじさんは言った。

「どういうことですか。おじさんがここに住み始めたのは数年前からだと伺っていますが……」

「俺も昔は、この団地の住人だったのさ」

おじさんも猫舌なのか、カップの縁に唇をつけ、まるで味噌汁《みそしる》でも啜るように音を立てながらコーヒーを飲んでいる。

「その頃は、この団地も今よりずっと活気があった。小さい子供のいる若い夫婦がたくさん住んでいて、団地のどこにいても子供の笑い声が聞こえてきたものだ」

その光景を思い出しているのか、目を細めてキリストおじさんは言う。

確かに、僕の記憶の中にある、子供の頃のこの団地の光景も同じだった。

今では考えられないが、当時は団地というのはニューファミリー向けの新しいライフスタイルの一つで、高度経済成長期に建てられた真新しい鉄筋コンクリートの建物は、誰の目にもモダンに映ったそうだ。

それが今は、世帯主の平均年齢は六十歳を超えており、独居老人も多く、子供の姿もめっきり減ってしまった。

「昔、こちらに住んでいたということですか」

「ああ。その頃は妻も子供もいて、俺も毎朝、ネクタイを締めて駅へ向かうバス停の行列に並ぶ、まっとうな勤め人だった。当時から住んでいた人もちらほらと見かけるが、誰もこちらのことは覚えていない。まあ、そんなものだろうがね」

何とも答えようがなく、僕は間を持たせるためにコーヒーを口に運ぶ。

「団地を出てからは、いろいろとあったんだが、数年前、不意に若い頃が懐かしくなってここに来て、それから住み始めたんだ」

時々、こちらの顔色を窺《うかが》うようにちらちらと視線を送ってくるのが気にはなったが、淡々とした口調ではあるものの、意外にもキリストおじさんはよく喋《しゃべ》る人だった。もしかしたら普段は話し相手がおらず、人恋しいのかもしれない。

「君は、ハインラインの『宇宙の孤児』という小説を読んだことがあるか」

「えっ、宇宙の……何です？」

あまりに唐突だったので、思わず僕は裏返った声で聞き返す。

「ここに住み始めてから、俺は殆《ほとん》ど団地の外に出ていない」

そんな僕の様子にはお構いなしで、おじさんは続ける。

「今はもう、団地の外には世界はないと考えることにしている。この団地から一歩でも外に出れば、そこには暗い宇宙空間が広がっているんだ」

じっと僕を見つめるおじさんの瞳は、真剣そのものだった。

「……そう狼狽《うろた》えるなよ。俺はたとえ話をしているだけだ」

「つまり、出て行きたくないということですか」

「話の流れからすると、そう受け取られても仕方ないか。いや、君が迷惑に感じているなら、出て行くさ。だが、その前に俺の話をよく思い出してくれ」

そう言うと、おじさんはカップの底に少しだけ残ったコーヒーを地面に捨て、立ち上がった。

3

帰り道、団地の中にある市立図書館の分室で、僕は『宇宙の孤児』を借りてきた。

その物語は、宇宙を彷徨《さまよ》う巨大宇宙船の住民たちが主人公で、あまりに長いこと船内での世代交代が行われた末、それが人工の宇宙船であるという認識すらもなくなってしまった世界の話だった。

自分の部屋のベッドに寝転がってそれを読みながら、僕は不思議な既視感を覚えていた。

この小説を読むのは、たぶん初めてだ。

そもそも僕は普段、海外小説や、ましてやSFなど殆ど読まないから、もし過去にこの作品を読んだことがあるなら覚えている筈だ。

ところが僕は、この物語を朧気《おぼろげ》ながらも知っていた。

どうしてだろう。

数時間で一気に読み終え、枕元の時計を見ると、いつの間にか針は天辺《てっぺん》を回っていた。

台所から物音がするので、僕は立ち上がり、そちらへと向かった。

やはりそこには母さんがいた。

昼間はずっと眠っているので、夜はやたらと元気になる。母さんと一緒に暮らしていると、人間とは本来、夜行性の動物なのではないかと思えてくる時がある。

「どうしたの」

僕は静かに声を掛けた。

「夕ご飯を食べていないから、お腹《なか》が空《す》いちゃって」

「そう……」

ダイニングの椅子に僕は腰掛ける。

冷蔵庫を開けた母さんが、弾んだ声を上げる。

「あら、ちまきがたくさん。買っておいてくれたの？」

「まあね」

僕がそう言うと、母はそれを取り出して電子レンジに入れて温め、嬉《うれ》しそうに食べ始めた。

今でも時々、母は団地内にあるスーパーに買い物に出掛ける。それがちょうど良い気分転換とストレス解消になっているようなので、僕は放っておくことにしていた。

母は昔から、ちまきが大好物で、買い物に行く度《たび》に必ず買ってくる。そしてすぐにそのことを忘れる。一日に二回、同じものを買ってくることなどざらで、僕は時々、冷蔵庫の中身をチェックして、賞味期限の近いものから処分するようにしていた。

そのことを指摘するのは、認知症である母を、意味もなく不安にさせるだけだ。こういう時は適当に話を合わせることにしている。

ダイニングの壁に貼られているカレンダーに目を向けると、緑色の丸がついている日があった。

何の変哲もない平日の一日で、僕や母の誕生日でもないし、何かの記念日のようにも思えない。

「あれは何の日？」

僕はカレンダーを指差しながら母に言った。

「さあ。あなたが自分で描いたんじゃないの」

母はそれが何のマークか以前に、マークしたことすら忘れているようだった。

「ねえ、母さん」

ふと思いついて僕は声を出した。

「小さい頃のことなんだけど、僕と、それから母さんと父さんの三人で、何だかすごく狭い部屋に泊まったことがあったよね」

ちまきをおいしそうに口いっぱいに頰《ほお》ばっていた母の手が止まった。

「狭い部屋って、どんな？」

「ええと、壁に埋め込まれたベッドがあって、何だか無機質な感じで……。ホテルとか旅館とか、そういうのじゃないんだ」

思い出そうとしているのか、母はじっと考えている。

こういう時、矢継ぎ早に質問するのは良くない。混乱させてしまうからだ。

「何で、そんなこと急に思い出したの？」

いつになく深刻そうな声で、母は言った。

「いや、自治会でちょっといろいろあって……」

キリストおじさんのことや、そのおじさんに勧められた小説を読んでいるうちに思い出したことなどを説明するのは、少し億劫《おっくう》に感じられた。

「わからないなら別にいいんだ。ほら、最近のことは忘れちゃうけど、昔のことは割合によく思い出せるって、言ってたじゃない」

「そうね」

短くそう言うと、母は食べかけのちまきに再び手を伸ばした。

「でも、そのことは思い出せないわ。本当よ」

「わかってるよ」

僕は笑ってそう答えた。認知症の人は「思い出せない」ということに、とても不安になる。

「わからない。思い出せないの……」

ちまきを齧《かじ》りながら、母は涙を流し始めた。

慌てて僕は立ち上がる。こんなことは初めてだった。

言い訳でもするかのように、思い出せないと繰り返し呟《つぶや》いている母の背を擦《さす》った。

「食べたら寝なよ。もう夜遅いしね」

やがて母が少し落ち着いてくると、僕はそう言って、自分の部屋に戻った。

ベッドの上に寝転がって目を閉じても、気持ちはざわついたままだった。

子供の頃の記憶にある、あの狭い部屋を思い出したのは、キリストおじさんに勧められた『宇宙の孤児』を読んだからだ。

小説では、宇宙船の〈主操縦室《メイン・コントロール・ルーム》〉は、一種の聖域のようになっている。容易には近づけない場所にあり、船内の異端児である〈ミューティ〉たちの住む区画よりずっと上の、無重力が支配する〈船長のベランダ〉からは、ガラス越しに宇宙船の外にある星々を見ることができる。

それを見た住民たちは、自分たちの住む世界には「外」があり、それが宗教的な比喩や言い伝えではない「事実」であることを知るのだ。

僕の記憶にある、あの狭い部屋について、一つだけ確信をもって覚えていることがある。

あれは、団地の中にあった。

それだけは間違いない。

今まで気に掛けたこともなかったが、そう考えると実に不可解だった。この団地は、東京郊外では一、二を争う規模のマンモス団地だが、いくら広いとはいっても、団地のどこに、あのような場所があるのだろうか。

僕も一応は、何期か自治会の役員を務めているから、業者と一緒に各棟の消火設備や、老朽化の状態を確認して回ったりしたこともある。普通の住民よりも、ずっと団地全体のことは把握《はあく》しているつもりだが、あの場所がどこにあるのか見当もつかない。

もしかしたら、この団地にも、誰も知らない、容易には近づくことのできない聖域があって、それがあの部屋なのではないか。

ベッドの上に仰向《あおむ》けに寝転んだまま、僕はそんなことを考えた。

翌日、僕は仕出し弁当屋のバイトから帰って来ると、母と一緒に昼食を摂《と》りながら、昨晩のことを謝ったが、母は僕に質問をされたことも、質問の内容も、それを思い出せずに泣いたことも、すべて綺麗さっぱり忘れていた。

どういうわけか僕は、記憶の中にある狭い部屋の話を、無性にキリストおじさんにしてみたくなった。

キリストおじさんが僕にあの小説を勧めたのには、何か理由があった筈だ。もしかしたら、おじさんは、この団地に関する何か大いなる秘密を知っているのかもしれない。そんな気すらした。

賞味期限の近づいたちまきを手土産に、僕はおじさんの住む軽バンを訪れた。

空き地に人の気配はなく、小犬の姿もなかった。餌皿には雨水が一センチほど溜《た》まっている。夕立があったのは、二、三日前だ。

もしかしたら、キリストおじさんは、この場所から立ち去ってしまったのではないか。出て行ってくれと言ったのは僕だから矛盾しているのだが、少し不安に駆られた。軽バンの中に荷物が残されているかどうかを確認するために、スライドドアに手を掛ける。横に引くと、鍵は掛かっておらず、少し重いながらもドアは開いた。

軽バンの中は、数日前に見た時とあまり変わりなかった。

何故だか僕はほっとした。どうやら留守にしているだけのようだ。

そう思ってドアを閉めようとした時、不意に目の端に映ったものが気になって、手が止まった。

おじさんが寝床にしているらしい荷台の空間に、数葉のサービス判の写真が落ちている。

辺りに人がいないのを確認してから、僕は手を伸ばし、そのうちの一枚を手にした。背筋に寒気《さむけ》が走った。

何でこんな写真を、キリストおじさんは持っているんだ。

写真は、僕を写したものだった。

最近のものではない。ずっと昔の写真だ。色褪《いろあ》せた光沢写真に写っているのは、明らかに幼い頃の僕だった。

運動会の時の写真だろうか、僕は紅白帽を被《かぶ》って友だちと肩を組み、カメラに向かってピースしている。体操着の胸には学年とクラス、そして平仮名で「こうだ」と書かれている。

僕は慎重に、その写真を元あった場所に、元あったような角度で置き、他の写真にも手を伸ばした。

アングルはいろいろだったが、いずれも僕の子供の頃の写真だった。記憶に残っている一枚もある。奥多摩《おくたま》のマス釣り場で、初めて魚釣りをした時の写真。竹の釣り竿《ざお》と、糸の先にぶら下がったニジマスを手に、僕は笑っていた。

それらの中に一枚、強烈に僕を動揺させる写真があった。

あの部屋だ。

プラスチックか、それとも別の素材か、とにかく無機質なクリーム色の壁に穿たれた、棚のように狭いベッド。明らかに普通の部屋ではない。

僕はそのカタコンベのようなベッドに仰向けに寝転がって少年ジャンプを読んでいる。

視線だけがカメラを向いていて、苦笑いのような表情を浮かべていた。

やはりあの部屋は実在したのだ。変色した光沢写真に写っている僕は、間違いなくその中にいた。

写真を持ち帰りたい衝動に駆られたが、我慢した。後ろ髪を引かれる思いで、他の写真と同じように、誰かがいじったことがわからないよう、写真を元の場所に置いた。

――退屈しないように、本をたくさん用意したんだ。

脳の片隅から、不意に忘れていた父の声が聞こえてきた。

――こんなに持ち込んで、読み切れるわけないじゃない。

そして若かった頃の母の声。

――世界が滅んだら、この程度の量じゃ足りないよ。

笑いながら答える父。

僕はふらふらと軽バンから二、三歩後退《あとじさ》る。

手に持っていた、ちまきの入ったビニール袋は地面に落ち、うっすらとぬかるんだ空き地の土が、スニーカーの裏側で滑った。

――この団地から一歩でも外に出れば、そこには暗い宇宙空間が広がっているんだ。

預言者のようなキリストおじさんの声が、重なって思い出される。

何だか無性にこの場所にいるのが恐ろしくなって、僕は慌てて軽バンに背を向けると、空き地を後にした。

4

僕が子供だった頃、世界は確かに漠然とした終末感に包まれていた。

核戦争、エネルギー危機、食糧の不足……。

今ではそのどれもがファンタジーに感じられる。

終末は世界を巻き込んだものではなく、もっと身近なものになった。

それは例えば、目減りしていく預金通帳の残高の数字のような、とても具体的なものだ。

僕が自治会の副会長になってからの間でも、団地内で老人の孤独死が二件と、自死が一件あった。

独居老人の見廻りは、自治会の役員で持ち回りで行われているが、訪ねて行って留守だったとしても、自治会がそれ以上、何かを行うことはない。隣や上下階の住人から、悪臭などの苦情があり、それでやっと判明する。

孤独死した老人のうちの一人は餓死《がし》だった。電気やガスはおろか、水道まで止められた部屋には食べるものが何もなかったらしいが、この老人は一度も家賃を滞納したことがなく、餓死する前月の家賃も、きっちりと期日までに振り込まれていた。

鶴田を始めとする自治会役員の面々は、何で命に関わるような空腹よりも、家賃の方を優先したのかと頻りに不思議がっていたが、僕にはわかるような気がする。

居場所を失い、何もない世界に放り出されることの方が、空腹よりもずっと不安だったのだろう。

僕もそうだ。母の介護を理由に、勤め先を希望退職したのは、僕が孝行息子だからではない。仕事に希望を持てず、同僚や上司との人間関係に辟易《へきえき》していた僕は、母が病院で初期の認知症であることがわかった時、それを会社を辞める口実に使ったのだ。自分は社会に敗れて退場するのではない、家庭の事情で仕方なく去るのだと。

最初、僕は楽観的だった。再就職先はすぐに決まるだろうと何の根拠もなく思っていたし、資格を取れば、他人に煩《わずら》わされることなく仕事ができるようになると考えていた。

ささやかな希望というのは、本当にたちが悪い。パンドラの箱が開かれ、災いが解き放たれた時、箱には「希望」が残されていたというが、あらゆる災いが閉じ込められていたという箱に、何故、「希望」が入っていたのかを、少し考えてみるべきなのだ。

――この団地から一歩でも外に出れば、そこには暗い宇宙空間が広がっているんだ。

キリストおじさんがその言葉を発した時、実を言うと僕は深く共感していたのだ。

そうであったなら、どんなに良いだろうかと。

自治会の定例役員会で、僕はキリストおじさんの件に関して報告した。

ここ数日、おじさんが空き地に戻ってきている様子がないことを告げると、ひと月なりふた月なり期限を決めて、帰ってこないようなら産廃業者を呼んで片付けたらどうかという話になった。

予算に関しては自治会が毎年計上している修繕費から出して、総会で事後承諾で良いだろうということで話がまとまった。霧島がいれば「ナンセンス！」の声が聞こえてきそうだが、自治会の会計係が、パソコンの表計算ソフトを使って苦労して作成している収支報告書を、ちゃんと見ている人が他にいるとも思えない。

平野への報告は、同じ棟に住んでいる班長が行うことにし、役員会はすぐに終了した。

僕としては、何だか煮え切らない気分だった。空き地を片付けてしまう前に、おじさんが戻ってきてくれないかとすら思った。そうすれば、事なかれ主義の自治会は、次の代の役員へ、なあなあで問題を先送りにするだろう。

公民館の椅子やテーブルを片付けながら、ふと僕は思い付いて、口を開いた。

「この中に、もう三十年以上、団地に住んでらっしゃる方っていますか？」

――当時から住んでいた人もちらほらと見かけるが、誰もこちらのことは覚えていない。

キリストおじさんはそう言っていた。

「それだったら、鶴田さんのところが長いんじゃないの」

集まった役員や班長のうち、僕の母親とさほど変わらない年齢のおばさんが言う。

「うちは親父《おやじ》の代から住んでいるからな」

むっとした口調で自治会長の鶴田が言った。

この人はいつも不機嫌そうな雰囲気を身に纏《まと》っている。

「そういえば、鶴田さんのお父さんも、昔、自治会の会長をされてらしたのよね」

「みんな責任感がないんだ。だから同じ世帯にばかり役員を押しつけてくる」

「そういえば、甲田くんのお父さんも、一度、副会長をやったことがあったわね」

「へえ、そうなんですか」

それは初耳だった。

「あ……でも」

言ってから、しまったという感じの表情をおばさんは浮かべた。僕が、今は母と二人暮らしだということを思い出したのだろう。

「いや、いいんですよ。じゃあ、うちも二代目だったのか」

別に気にしたりされたりするようなことでもないので、僕は明るく冗談まじりにそう言った。

父が僕と母さんを捨てて出て行った理由について詳しくは知らないが、母さんが父の悪口を言うのを聞いたことは一度もなかった。

もしかしたら、父が出て行く原因を作ったのは母さんだったのではないかと僕は疑っている。若い頃の母は綺麗だった。ただ、そのことを今の母さんに聞くのは酷だった。

「そういえば、甲田くんのお父さんが副会長だった時にも、平野さんがわがままを言い出したことがあったな。あれは何の時だったっけ。思い当たることが多すぎて、どれだったか……」

鶴田が腕組みして首を傾《かし》げる。棟は離れているとはいえ、どちらも団地では古株だ。口ぶりからすると、そういうことが過去に何度もあって、平野のことを、鶴田はあまり良く思っていないようだった。

僕は少しばかり興味をそそられた。

家に帰れば、USBメモリに保存された、過去の自治会総会の資料や収支報告書がある。何の役にも立たない書類だから、今までファイルを開いてみたことすらなかった。

僕が自分の棟の部屋に戻ると、母は居間のソファで派手に寝息を立てて眠っていた。ダイニングテーブルの上に置かれた、古い型のノートパソコンの電源を入れ、起《た》ち上がるまでの時間、何となく僕は寝そべっている母の姿を眺めた。

ずっと一緒に暮らしてきたから、改めて意識はしなかったが、母の髪は白く、顔には深い皺《しわ》が刻まれていた。食事をしたことを忘れては、一日に何度もごはんを食べたりおやつを食べたりするから、昔に比べると、すっかり太ってしまった。

「ん……お帰り」

母が眠そうに目を擦《こす》りながらソファから体を起こす。

「寝てていいよ」

僕はそう言うと、ノートパソコンに自治会のＵＳＢメモリを差し込む。

母は大欠伸《おおあくび》をしながら、台所の方へと歩いて行く。

デスクトップにマウントされたＵＳＢメモリのアイコンを僕は開いた。ここ十年ほどの自治会の議事録や収支報告書は、パソコンソフトのドキュメントになっているが、それ以前のものは書類をスキャナで取り込んだイメージファイルになっている。二十年前より昔のものは、元の書類も手書きだった。

誰がやったのかはわからないが、ご苦労なことだ。きっとこういうふうにペーパーレスで保存する前は、捨てるに捨てられず、段ボール箱か何かに入れられて、自治会で借りている保育園の裏の倉庫に眠っていたのだろう。

それらしい書類を探し、一つ一つファイルを開いていく。

自治会主催の夏祭りの収支、亡くなった住民への香典から、団地内の常夜灯の電球代まで、事細かに記された収支報告書。総会の資料の方は、毎年、多少のマイナーチェンジはされているものの、基本的にはあまり代わり映えしない。

そして僕は、三十年ほど前の自治会総会の書類に、父の名前を見つけた。新役員として、確かに副会長に「甲田」の名前がある。団地の棟のナンバーも同じだから、間違いなく僕の父だろう。

不意に、僕は引っ掛かるものを感じた。父とは離婚が成立している筈なのに、何で母さんは旧姓に戻さず、父方の姓を名乗り続けているのだろうか。

台所の流しの前に立っている母に、僕は目をやった。がらがらと音を立ててうがいをしている。

団地内の小学校に通っていた僕が、急に名字が変わっていじめられたりしないようにというような配慮からだろうか。目の前にいる本人に聞けばいいのだろうが、何故だか聞きづらい。

僕はパソコンの画面に視線を戻し、フォルダの中にばらばらに散らばっているイメージファイルから、その翌年の総会議事録を探した。父が自治会役員をやっていた一年間に何があったのか。

書類はすぐに見つかった。団地に住み着いたハクビシンの駆除に関することなど、前年から持ち越された懸案事項が箇条書きにされている中に、目を引く一文があった。

『中央3号棟・平野さんの提案による、各戸分の核シェルター設置の提案について』

平野さんというのは、おそらくあの平野のことだろう。三十年前なら、まだ四十代の筈だ。

さらに書類を探しても、その懸案事項に関する詳しい記述はどこにもない。レポート用紙にボールペンで罫線《けいせん》を引いたと思われる手書きの収支報告書の項目には、「核シェルター設置費用」として数万円が計上されている。

僕は訝《いぶか》しく思った。この団地のどこかに核シェルターが設置されているなんて話は聞いたことがないし、それらしい設備も見かけた覚えがない。

前後数年の自治会の書類にも目を通してみたが、その件に関する記述は、他にはなかった。

途方に暮れる思いだった。何がなんだかわけがわからない。

ふと思い出して、先ほどの書類のイメージファイルを開いた。

新役員として、僕の父の他に、会長として鶴田の名前があった。名字と住んでいる棟のナンバーしか書いていないが、年代からいって、今、会長を務めている鶴田ではなく、その父親の方だろう。

そういえば、鶴田は寝たきりの父親と二人で住んでいるという話を聞いたことがある。自治会の役員をやっていると、防犯のために団地の各世帯の状況についても把握することになるが、独居老人の他に、この団地には驚くほど多くの寝たきり老人がいる。外を出歩くことがないので、普段はその存在を感じさせないだけだ。

「何やってるの」

戻ってきた母が、再びソファに寝転びながら言う。

「自治会の仕事」

「真面目ね、あなたは」

僕が手短に答えると、母は眠そうな声で呟いた。

違和感を抱いて僕は顔を上げた。

その「あなた」の感じが、いつもと違うような気がしたからだ。

母はすぐに寝息を立て始めた。僕は立ち上がると、ダイニングの壁に貼ってあるカレンダーを見た。日付に緑色のマーク。その日はもうとっくに過ぎていた。

僕は母の方を振り返る。何だか胸騒ぎがした。

「母さん、ちょっと出掛けてくる」

眠ったままの母が、鼾《いびき》で返事をするように鼻を鳴らした。

関係する書類をプリントアウトすると、それを手に家を出た。

自治会長の鶴田の住む棟までは、歩いて五分も掛からない。

一階にある集合ポストで部屋番号を確認し、階段を駆け上がると、逸《はや》る気持ちで鶴田の家のチャイムを押した。

やがてドアの向こう側に人の気配があり、鶴田が顔を出した。

「甲田くんじゃないか。どうした」

「いえ、例の空き地の住人に関して、ちょっと気になることがあったもので」

あからさまに迷惑そうな表情を鶴田は見せた。

「そういうのは、役員会の時に言ってくれないかな。わざわざ家に来られても」

「すみません。ただ、お話をお伺いしたいのは鶴田さんのお父さんの方なんです」

「親父に？」

鶴田は怪訝《けげん》そうな顔をする。

「はい。鶴田さんのお父さんが自治会の会長をされていた三十年ほど前のことで……」

まったく要領を得ない僕の話に、鶴田は首を傾げたが、それでも「まあ、入れよ」と言って招じ入れてくれた。

「親父、自治会の役員やってる子なんだけど、何か話があるんだってよ」

奥の部屋へと続く襖《ふすま》を開きながら、鶴田が声を掛ける。

間取りは僕の住む部屋とほぼ同じで、男やもめの鶴田が一人で父親の面倒を見ているというわりには綺麗に片付いていた。

そっと奥の部屋を覗き込むと、そこには手摺《てす》りのついた介護用ベッドが置いてあり、リクライニングして少しばかり体を起こした、白髪に長老のような髭を生やした鶴田の父親が、静かに寝息を立てていた。

キッチンの方で湯を沸かしながら鶴田が言う。

「話をするのはいいが、呂律《ろれつ》が回らないから、それは勘弁してやってくれ」

鶴田の父親の胸元に掛けられたクリーム色のタオルケットに、窓から射《さ》し込んだ午後の日射しが光を落としている。

お茶を淹《い》れて盆に載せて持ってきた鶴田が「親父、起きろ、起きろ」と胸元に手を添えて揺り起こす。

やがて老人は、微《かす》かに瞼《まぶた》を開き、傍らに立つ僕の方に目を向けた。

「君は？」

唇を震わせ、まるで数百年の眠りの深淵から呼び覚まされたかのように、鶴田の父親は口を開いた。

5

軽バンのドアを開いても、半ば予想していたとおり、そこにキリストおじさんの姿はなかった。僕は遠慮なく荷台に入り込むと、敷かれたマットレスの上にごろりと横になった。

おじさんが姿を消してからのここ何日かは雨の日が多かったから、少し黴臭《かびくさ》いような気がする。

そろそろ日が暮れようかという時刻だった。僕は軽バンの荷台の寝床に散らばっている写真を集めると、じっくりとまた一枚一枚、それを眺めた。

――人類は滅んだ。この世界で生き残ったのは、ここにいる三人の家族だけだ。

真顔で父が言ったその冗談を、幼かった僕は真に受けた。

あの頃はまだベルリンの壁も崩壊しておらず、ソビエト連邦も健在で、東西冷戦が続いていた。

いつ核ミサイルのボタンが押されるか、漠然とした終末感が漂っていたあの頃、家庭用の核シェルターというのが、少しだけもてはやされたことがある。

ユニット式のごく簡単な造りをした、一人用から四人用までの簡易シェルターで、数週間分の水と食料の倉庫と、どの程度の信頼性があったのかは不明だが、汚染された空気を遮断《しゃだん》する、フィルター付きの通風口がついていた。

本来は土の中に埋めて、入口のハッチと通風口だけを地上に出すような造りだったのだが、東西冷戦の緊張が高まる昭和五十年代の末、これを団地の戸数分、導入したらどうかと無茶な提案をしたのが、若い頃の平野だった。

どうやらテレビでやっていた、『ザ・デイ・アフター』という映画の影響だったらしい。僕も昔、観《み》た記憶がある。

その頃はまだまだ家庭用ビデオデッキは高級品で普及率も低く、レンタルビデオ店なども今のように充実していなくて、テレビの映画放送の影響力は絶大だった。ジャッキー・チェンの映画が放送された翌朝に登校すると、クラスメートからおはようの挨拶《あいさつ》と同時に、蛇拳や酔拳で攻撃を受けたものだ。

一基あたり百万円以上するシェルターを、自治会費や市の助成などでまかなうのは現実的には無理だったが、平野は聞き入れなかった。厄介なことに霧島を味方につけ、当時の自治会とかなりやり合ったらしい。

霧島は、たかが団地の自治会予算の問題に、ソ連のアフガン侵攻やアメリカのムジャーヒディーン支援のことまで持ち出して論陣を張った。東西の緊張がいつ核戦争を引き起こすかわからないことを力説し、自治会は住民の安全を守る義務と責任があると熱く語って、当時の自治会役員の面々を困らせ、自治会としても無視するわけにはいかなくなった。

事を穏便に済ませるため、とりあえず業者を呼び、試しに自治会の誰かがシェルターの中で数日過ごしてみたらどうかと提案したのは、当時副会長だった僕の父だった。一応、前向きに検討してみましたという体裁だけつくり、問題は先送りにして、沈静化するまでお茶を濁そうとしたらしい。自治会の体質は昔から変わっていないようだ。

形だけということで、ちょうど休みを取ることができた父と、夏休みに入っていた僕、そして母の三人が、二泊三日の間、空き地に設置されたシェルターから一歩も出ずに過ごしてみることになった。

もちろん、土中に埋めるようなことはせず、業者がクレーン付きの四トントラックで持ってきたシェルターを地面の上にべた置きにして、その中で暮らしたのだが、鶴田の父親の話だと、何とシェルターを置いたのは、軽バンが捨てられているこの空き地だということだった。

水と食料を運び込み、しっかりと入口のハッチを閉めると、遮音《しゃおん》されたシェルターの中に、外からの音は何も聞こえてこなかった。

三日間を過ごす退屈しのぎのために、父は数十冊の文庫本を中に持ち込み、母は呆《あき》れてこう言った。

「こんなに持ち込んで、読み切れるわけないじゃない」

父は笑いながらこう返した。

「世界が滅んだら、この程度の量じゃ足りないよ」

写真に写っている、シェルターのベッドに寝転がっている子供の頃の自分の姿を眺めながら、その時の光景を思い出す。

軽バンの中が暗くなってくると、僕は用意してきたキャンプ用の電池式カンテラのスイッチを入れ、少し腹が減ってきたので、家から持参してきたちまきの包みを開いて頰ばった。

これでは、「いい食事《グッド・イーティング》」と言うには程遠い。

あの小説、『宇宙の孤児』では、船員《クルー》と呼ばれる住民たちは、挨拶がわりに「いい食事を」という言葉を使う。

ケンタウリへと向かう宇宙船の建造と航海を支援した財団の名称である〈ジョーダン〉は、ちょうど神の名のように扱われており、質量《マッス》を一定に保つため、船内には死体や廃棄物を放り込む転換炉がある。再合成された物質から「いい食事」を得ることは、住民たちにとって、とても大事なことなのだ。

父が世界の終わりを共に過ごすために選んだ本は、そんな世界を描いたSFやミステリーばかりで、持ち込んだ漫画をその日のうちに読み切ってしまった僕は、テレビもない静かなシェルターの中で、父にせがんで本を朗読してもらった。

それが『宇宙の孤児』だった。僕が物語の内容を朧気に知っていたのは、そのせいだ。

僕はたぶん、シェルターでの生活が始まると、すぐに退屈してしまって、外に出たいと駄々をこねたのだろう。

人類はもう滅んだ、世界で生き残ったのはこの三人の家族だけだという父がついた嘘《うそ》は、僕に外に出るのを諦《あきら》めさせるためのものだったのかもしれない。

消灯すると、窓や明かり取りのないシェルターの中は、ちょうど今、僕が寝転がっている軽バンの荷台のように真っ暗だった。

　シェルターの天井にある丸い二重扉の向こう側は、核の熱と放射能で、地獄のような有り様になっている。建物は崩れ、人々は消え去り、大好きな田舎のおじいちゃんおばあちゃんも、学校の先生やクラスメートも、生まれ育った団地の棟も、子供たちの遊び場になっていた『ひょうたん島』と呼ばれる神社の小高い丘も、その向こう側にはもうないのだと思うと、僕は失ったもののかけがえのなさに、悲しくなって涙を流した。

　気がつけば、今の僕の目にも涙が浮かんできていた。

　——当時から住んでいた人もちらほらと見かけるが、誰もこちらのことは覚えていない。

　キリストおじさんが口にしたあの言葉は、遠回しに僕に向けられていたのだ。

　記憶の中では、父はさっぱりした七三で、毎朝、洗面台の前で刷毛《はけ》でクリームを泡立て、丁寧に髭を剃《そ》っていた。父が家を出て行ったのは、僕がまだ小学校の低学年だった頃のことだ。父の印象は、その頃のまま止まっている。

　もう数年も前に、父は帰ってきていたのだ。

　そのことに、僕はずっと気がつかなかった。

　僕が自治会の代表として、出て行ってくれという話をしに行った時、キリストおじさんは……父は、どう思ったのだろうか。

おそらく、やっと息子が気がつき、訪ねてきてくれたのだろうと胸を弾ませ、そして次に深く落胆したに違いない。父は『宇宙の孤児』というヒントだけを出して、立ち去ってしまった。

「……早く外に出たいわ。苛々する。気がおかしくなりそう」

不意に女の人の声が聞こえ、僕は薄く目を開いた。

手の甲で瞼を擦りながら、体を起こす。

見ると、そこはクリーム色の無機質な素材で作られた、ごく狭いコックピットのような部屋の中だった。

そこに母の姿があった。まだ若く、痩せていて美しい。

「外に出たら、真っ先に何をしたい？」

狭い部屋の片隅で、小さな椅子に腰掛けて文庫本を読んでいる父が言う。

「ちまきが食べたいわ。缶詰とか真空パックみたいな食事ばかりで、もう飽き飽き」

「そうじゃない。外に出たら、君には真っ先に会いたい人がいるんじゃないか」

本に目を落としたまま、静かに父がそう言うと、母が青ざめた顔をして俯《うつむ》いた。

凍《こお》りついたようなシェルターの中の雰囲気に僕は不安になり、ベッドから出ると、急に無口になってしまった母の着ている服の裾を摑《つか》んだ。

「外の世界は、やっぱりもう滅んじゃったの？」

普通ではない母の様子から、僕はそう受け取ったのだ。

「さあな。生存者がいれば、きっと外からハッチが開かれる」

父が顔を上げ、神妙そうな顔を僕に向けて言った。

「もういい加減にして」

俯いたままの母が、震えるような小さな声で言う。

「予定の時間を三十分ほど過ぎているな」

開いているページに栞《しおり》を挟み、父が腕時計を見ながら呟いた。

「遅れる理由が見当たらない。もしかしたら、俺たちがこのシェルターに入った後、本当に核戦争が起こって、外にはもう何もないのかもしれないよ」

「また、そんなことばかり……」

吐き捨てるように母が言う。

「そうだったらいいなと、今、思っていたんだ」

父はそう呟いた。

そこで僕は目を覚ました。

朦朧《もうろう》とした気分で辺りを見ると、そこは元の軽バンの荷台だった。

窓ガラスを目張りしているブルーシートの向こう側から、朝の光が透けて見える。どうやら、長い眠りについていたらしい。

あのシェルターでの最後の日が、僕たち家族が離ればなれになるきっかけの日だった。

前に僕が、夜中にちまきを食べていた母に、あのシェルターの部屋について聞いた時、母はきっと頭の中で、はっきりとそのことを思い出していたのだ。

だからこそ母は、僕の質問に答えることができず、思い出せないふりをするしかなくて、そのことがつらくて涙を流した。それを僕は、認知症の母が、過去を思い出せないことが不安で泣いているのだと勘違いしていた。

どこか遠くから、小犬の吠える声が聞こえた。

キリストおじさんが飼っていた雑種の小犬だろうか。軽バンの中に人の気配か匂いを感じ、警戒しているのかもしれない。

あの日、一時間遅れで業者たちの手によって開かれたハッチの向こう側から、射し込んできた明るい太陽の日射しを、僕は思い出した。

間もなく、軽バンのスライドドアが開かれるだろう。

団地の外にはやはり宇宙空間などはなく、帰ってきたキリストおじさんは、長い航海を終えて、きっと母のもとへと帰還するのだ。

カレンダーに緑色のマジックで印がつけられた日が何だったのか、僕は思い出していた。それは父の誕生日だ。

母は深く悔いており、おそらく人生の最後を、父と一緒に過ごすことを望んでいる。船員《クルー》たちの表現を借りるなら、〈ジョーダン〉の名にかけて、間違いない。

溜池のトゥイ・マリラ

1

「お父さん、早く、早く！」

一太《いった》に急《せ》かされて玄関を出ると、西の空は朱色に染まり始めていた。

団地内のあちこちに設置されたスピーカーから、録音されたお囃子《はやし》が、雑音まじりに流れてきている。

五階にある部屋の外廊下から、手摺《てす》り越しに見える風景は、城島秀雄《じょうしまひでお》が両親と共にこの団地に住み始めた頃から、あまり変わらない。

立ち並ぶ団地の、鉄筋コンクリートの棟と棟との間に、子供たちの間では『ひょうたん島』と呼ばれている、ラクダの瘤《こぶ》のような形をした、神社の鎮守《ちんじゅ》の森が見えた。

今日は少しばかりそちらが賑《にぎ》やかだった。団地から神社の入口まで誘導するように、電球が仕込まれた、白やピンクで彩られた提灯《ちょうちん》がコードで吊《つる》されている。

病院で看護師として働いている妻の伊佐子《いさこ》は、今日も夜勤で夕方から出掛けていた。

人手が足りない上に看護師長に頼られていて、不規則なシフトでも、なかなか断れないのだそうだ。

こういう場合、一太の面倒を見るのは、家でウェブデザインの仕事をしている秀雄の担当になる。

転がり落ちるような勢いで階段を駆け下りて行く、興奮気味の一太を見て、秀雄は自分の子供の頃を思い出した。

団地に隣接する神社の縁日は、毎年、八月の最後の土日に行われる。

この縁日が終われば、夏休みも間もなく終わる。子供たちにとっては、楽しさと寂しさが半々の、そんなお祭りだった。

棟の外に出ると、神社の方向に三々五々歩いて行く人の姿が見られた。親子や、小学生同士のグループ、浴衣《ゆかた》を着た中学生くらいの女の子たちもいる。

一太は歩みの遅い秀雄の手を握って、牛を引く牧童のように、必死になって引っ張っている。

団地の敷地を出ると、神社の入口になっているコンクリート製の大鳥居との間には、片側二車線の広い街道が横たわっている。

混雑を見越して駆り出されたのか、横断歩道の両側には交通整理と防犯のために警官が立っていた。人影はこの時刻にしてはまばらで、警官も拡声器を持つ手を下げて、何だか手持ち無沙汰《ぶさた》で暇そうだった。

昼間から何度も、自治会が縁日がある旨を団地内のスピーカーで告知していたわりには、思っていたほどの人出でもない。

秀雄が幼かった頃は、参道を行き交う人と人の間に隙間《すきま》がないほど、毎年、混雑していた。

縁日に繰り出す人が減ったのは、昔に比べると団地に住む子供の数が減った影響もあるのだろうが、お祭りの健全化を図るため、数年前に地元の警察署と団地の自治会が手を組んで、テキ屋を一掃してしまったことが主な原因のようだった。

以前は参道を中心に、色とりどりの屋台が、ところ狭しとひしめき合って並んでいたのだが、今は運動会などで見かける仮設の白テントに、手作りの看板を掲げた出店が並んでいる。縁日というよりは高校か大学の文化祭といった趣《おもむき》で、出店は自治会や地元の商店、児童会などによるものばかりだった。

今は全国的に、お祭りやイベントなどからテキ屋を締め出そうという動きが盛んなようだ。これもご時世なのかもしれないが、お祭り独特の、あのいかがわしさや、屋台のゲームのインチキ臭さ、出店から漂ってくる焦げたソースや甘ったるいシロップの匂いを知っている秀雄のような世代にとっては、何か今ひとつ、物足りなさが感じられた。

境内に入ると、一太は早速、学校の友だちを見つけて走り去ってしまった。

自治会のテントで休んでいると伝え、秀雄はビールと枝豆を買うと、空いている席に座った。こちらも人はまばらだ。

昔は中高生によるカツアゲなどが問題になっていたが、今はスーパーボールすくいや射的などのゲームは、自治会などで配られるチケット制になっている。小さい子供には現金を持たせないような工夫がされているようで、そういう被害もだいぶ減ったと聞いている。

プラスチックのコップに注がれた、生ぬるいビールを飲みながら、秀雄はふと、子供の頃に、金魚すくいならぬ「カメすくい」で、親からもらった小遣いを、全額スッてしまった時のことを思い出した。

テキ屋のおじさんが、残念賞だとお情けでくれたカメを手に、縁日に向かう人の流れに逆らって、とぼとぼと帰り道を歩いたのを覚えている。

あの頃はまだ元気だった秀雄の父も、優しかった母も、十年ほど前に、まず母が、そして後を追うように父が、続けて他界した。今は団地契約の承継も厳格化して、同居していた配偶者か障害のある者、高齢者でなければ契約の名義変更はできず、退去になるが、その頃はまだ同居の親族であれば賃貸契約を継続できた。

先の見えない不景気だから、運が良かったのかもしれないね、と妻の伊佐子とはよく話している。

何よりも、幼い頃から育ってきたこの団地が、秀雄は好きだった。

2

「何だこれ」

池の周辺に設置された看板を見て、思わず一太は、一緒に釣りに来ていたクラスメートの裕哉と顔を見合わせた。

団地を出て二十分ほど歩いたところに、その溜池《ためいけ》はあった。

周囲数百メートルほどの水深の浅い皿池で、地元の子供たちが魚釣りをしたり、ザリガニを捕まえたりする遊び場だった。

岸の半分ほどは葦《あし》が生い茂っていて、容易に水際には近づけない。あとの半分は、二、三メートルごとの間隔で、小さな栈橋のようなヘラ台が、水面に迫《せ》り出して設置されていた。

ヘラ台とは、工事用の鉄パイプや、太い角材などを組んで土台にし、その上に縦横一メートルほどの四角いベニヤ板などを打ち付けたもので、ヘラブナ釣りをする人が、水上に釣り座を構えるための台だ。

夏休みの間は、一太はプールや他の遊びに夢中で、日射《ひざ》しが強くて暑すぎるため、釣りをするという感じでもなかったのだが、友だちに誘われて久々に来た溜池には、そこらじゅうに看板が立っていた。

『溜池会の会員以外は釣り禁止』

『ヘラ台の無断使用禁止』

看板にはそう書いてあった。

溜池会というのは、この池で、つるんで釣りをしている、地元のヘラ釣り師のおじさんたちのことだ。

大抵の場合は、土日などに数名で集まって、缶ビールやカップ酒などを飲みながら、並んでわいわい釣りをしている。

一太たちが生まれるずっと前から、この溜池を自主管理しているらしく、勝手にヘラ台を設置したり、流れ込みに土嚢《どのう》を積み上げて自分たちが釣りやすいように流れを変えたりしているのは知っていた。

それだけならまだいいが、ルアー釣りや鯉《こい》の吸い込み釣りをする人が根掛かりして釣りにくいように、池の底にわざと漁網を沈めたり、時には酔っ払って、ヘラ台の横で釣りをしている一太たちのような子供に向かって、魚が散って邪魔だから帰れと怒鳴りつけ、ビールの空き缶を投げてきたという噂《うわさ》も聞いたことがあった。

でも、溜池会の会員以外は釣り禁止なんて看板は、夏休み前にはなかった。

そもそも、この池は元は灌漑用《かんがいよう》に、百年くらい前に掘られたものだと、社会科の地域学習の時間に習った。

団地が建設されてからは、周囲が次第に整備されて田畑が減り、今は用途を失って溜池だけが残っている。だから私有地ではないし、誰のものでもない。

「どうしよう。帰る？」

不安になって、一太は、一緒に来ていた裕哉を見た。

こんな看板、無視して釣っても問題はない筈《はず》だが、見つかったらと思うと、やはりちょっと怖い。

溜池を見渡すと、一人だけ先客がいた。

常設のヘラ台は使わず、水際にポータブルのアルミ製のヘラ台を組み立て、その上に座布団を敷いて、静かに釣りをしている。

ヘラ台には万力で、大きな日除《ひよ》けのパラソルと竿掛《さおか》けが取り付けられていた。涼しげな甚平《じんべい》を着て、麦わら帽子を被《かぶ》ったその老人は、この池ではあまり見かけた覚えのない顔だった。

長さ数メートルのヘラ竿を振るう度《たび》に、糸が生き物のように空中を舞い、小さな波紋とともに正確に同じ場所にエサが打ち込まれる。

「一太、釣りしていいかどうか聞いてこいよ」

肘《ひじ》先で小突くように裕哉が言ってきた。

「やだよ。お前が行けよ」

お互いに牽制《けんせい》し合っているうちに、ジャンケンで負けた方が聞きに行くことになった。

負けたのは一太だった。

こういう大事なジャンケンは、どういうわけかいつも負ける。

いきなり怒鳴られたり、追い払われたりしたら嫌だな、と思いながら、一太は釣りを続けている老釣り師のところに歩いて行った。

声を掛けるのを躊躇《ためら》いながら、老釣り師が釣り座を構えているヘラ台の後ろから、その様子を眺める。

まだ釣り始めたばかりなのか、老人は頻繁《ひんぱん》に投入した仕掛けを手元に戻しては、釣り座の左側に置いたプラスチック製のボウルの中に手を入れて練り餌《え》を丸め、ハリにつけてまた水中に投入している。まるで機械のように無駄な動きがなかった。溶けてバラけた練り餌が水底に層になり、魚が集まり始めているのか、打ち込まれたウキの周辺には、あぶくがいくつも浮いてきている。

声を掛けるのも忘れ、一太は水面から垂直に伸びている、細長いウキの先端を見つめる。

殆《ほとん》ど変化のないように見えたウキの不自然な動きを見逃さず、老釣り師は手首をほんの少し動かすような軽い合わせで魚を掛けた。

一太は感心した。溜池会の人たちは、みんなムチでも振るうようにビシッと音を立てて大合わせをするので、下手《へた》だなあといつも思っていたのだが、この老釣り師は違うみたいだ。

ヘラブナが鰭《ひれ》で水面を打ち、ばしゃばしゃと水飛沫《みずしぶき》が上がる。手元に寄ってきた魚を、老釣り師は冷静な動きで左手で握った玉網ですくい、竿掛けに竿を載せた。

「坊主、何か用か」

その一連の動きに見とれていた一太に、思い掛けず、老釣り師から声を掛けてきた。

一太の方は一瞥《いちべつ》もしていないのに、まるで背中にも目がついているかのようだ。

「あの、僕たちも釣りをしたいんですけど、いいですか?」

おずおずとした口調で一太は言う。

魚の入った玉網を静かに水の中に沈め、釣ったヘラブナを逃がすと、老釣り師は麦わら帽子の顎紐《あごひも》を緩めて脱ぎ、首に掛けた手拭《てぬぐ》いで汗を拭《ふ》きながら、一太の方を振り向いた。

たぶん、年齢は七十過ぎだろう。顔の彫りは深く、鷲鼻《わしばな》というのだろうか、形のいい大きな鼻をしている。落ち窪《くぼ》んだ目は黒目がちで、髪の毛は白髪というよりは銀色をしていた。

「何でそんなことを聞くんだ」

静かだが太くて力強い声だった。

「だって、看板が……」

老釣り師は目を細め、看板の一つを見て言った。

「ああ、あれか。みんなの池だ。遠慮なんかしなくていい」

そして、一太が手にしているリールのついた釣り竿を見て言った。

「ブラックか？」

「えーと、一緒に来ている友だちはそうだけど……」

ヘラ釣り師の人は、どういうわけかブラックバスを、バスではなくブラックと呼ぶ人が多い。

「だったら、さっきまでいた兄ちゃんが、あの辺でたくさん釣ってたぞ」

そう言って老釣り師は、対岸に見える葦際の、土留めの杭《くい》が並んでいる辺りを指さした。

一太は老釣り師にお礼を言い、遠くから様子を見ている裕哉のところに戻った。

「釣りしてもいいってさ。あと、あの辺で釣れてたって」

釣りを許可してくれただけでなく、釣れていた場所の情報まで教えてくれたことを伝えると、裕哉は喜び勇んでそのポイントに向かった。

少し離れた場所で、一太は自分の釣りの準備を始めた。

リール竿の糸の先に、ワインのコルク栓ほどの大きさと形の、白い発泡ウレタン製のウキを結ぶ。中には錘《おもり》が仕込まれていて、遠くに飛ばすことができるようになっており、十センチほどの長さのハリスの糸と、鯉用の大きめのハリが繋《つな》がれている。

一太は給食で余っていた食パンをポケットから取り出すと、それを千切って次々と池に投げた。

暫《しばら》く待っていると、緑色に濁った水面に、黒い影が浮かんできた。

次の瞬間、がぼっという音と共に水面が割れ、髭《ひげ》のついた鯉の口が、水に浮かんでいたパンを吸い込んだ。

続いてまた別の鯉が二匹、奪い合うように水面のパンを吸い込もうと浮いてきた。

よし、と一太は思った。

焦《あせ》る気持ちを抑えながら、先ほど用意した仕掛けに、丸めた食パンをつける。

これは最近、一太がはまっている「パンプカ釣り」という鯉の釣り方だった。

ブラックバスは役所の人が駆除を行ってからは釣れなくなっていたし、道具にお金が掛かるから、一太はあまりやらなかった。学校の理科の授業で、先生が外来魚問題について教えてくれてからは、何となく後ろめたい感じもして、最近は鯉を狙《ねら》って釣ることの方が多い。

鯉は基本的には警戒心の強い魚なので、ルアーなどの疑似餌《ぎじえ》を食ってくることは殆どないし、水底に練り餌を沈めて釣る、昔ながらの吸い込み釣りなどでもなかなか掛からない。だが、人間からエサをもらい慣れている鯉は、水面に浮かぶエサには驚くほど無防備で、これはそれを逆手に取った鯉の釣り方だった。

細かく千切ったパンや、ドライタイプのドッグフードなど、水に浮くエサをばらまくとあっという間に集まってきてエサの取り合いになる。

そこに、パンに似せた白い発泡ウレタンのウキにつけたエサを紛れ込ませて流すと、簡単に釣れる。しかも水面に浮いたエサを食うのは大型の鯉だけなので、掛かれば必ずといっていいほど、数十センチクラスの大物だった。

鯉が集まってきた辺りから少し離れた場所に、一太は音を立てないように慎重に仕掛けを投げ込み、自然に流れて行くように、静かに待った。

まるで映画のジョーズのように、背びれを水面に出して、仕掛けに向かって一直線に走ってくる巨大な鯉がいた。水面に頭を半分出して、大きく口を開き、周囲の水と一緒に、浮かんでいるハリが仕込まれた食パンの切れ端を吸い込んだ。

同時に鯉が反転し、発泡ウレタンのウキが引っ張り込まれて水中に消し込む。

手元にがつんとした重みが伝わり、竿が弧を描いて弓なりにしなった。リールに巻かれた糸が大きな摩擦音とともに一気に十数メートルも引っ張り出される。ハンドルを握って糸を巻こうとしても、引きが重くて動かない。この状態で力任せに巻いたり竿を煽《あお》ったりしたら、糸が切れてしまう。

暫く泳がせて疲れさせることにして、糸に負担が掛からないように、一太は魚が走る方向に合わせて右に左に竿を動かした。

対岸では裕哉が、一太を見て、おおーと声を上げている。

ぐいぐいと底に向かって力任せに潜って行くような引きは、鯉独特のものだった。

鯉が走ったらリールを巻く手を止め、動きが止まったら巻くというのを繰り返しているうちに、徐々に魚影が近づいてきた。七十センチはあろうかという大物が、ゆらりと水面に姿を現す。鯉は頭を水面に出して、直接空気を吸わせると、浮き袋の関係か何か知らないが、おとなしくなる。ここまできたら、後は空気を吸わせて一気に足元まで寄せるだけだ。

鯉の顔が水面に浮かび、あと少しで岸に上げられるというところで、不意に手元が軽くなった。

「あっ」

すぐそこまで姿を現していた鯉が、体を翻《ひるがえ》して背を向け、そのまま黒い影となり、水中に潜っていって、消えてしまった。

「あーあ……」

がっかりした声を一太は上げた。

外れた仕掛けを手元に寄せると、糸が切れたわけではなく、ハリも残っていた。掛かりが浅かったか、口切れしたかのどちらかで、バレてしまったのだろう。

だが、逃げられたとはいえ、一投目から鯉が掛かってくるのは幸先《さいさき》が良かった。

撒《ま》き餌をし直し、ハリに丸めた食パンをつけて、再び投げ入れる。

すぐにまた、手元に重みが伝わってきた。

慌てて巻くと、今度は簡単に寄ってくる。

何だろう?

一太は不思議に思った。鯉ではないのは確かだ。ナマズなら、ぐるぐるとローリングしてハリを外そうと暴れるので、感触ですぐにわかる。バスなら左右に走って水面を割り、ジャンプすることが多いが、そういう感じでもない。頼りない引きだが、ヘラブナやブルーギルは口が小さいので、そもそもこの釣り方ではハリが大きすぎて掛からない。

リールを巻くと、浮かんできたのは魚ではなかった。

カメだ。

それも、かなり大きい。

「お前、誰の許しを得てここで釣りしてるんだ!」

怒鳴り声が聞こえてきたのは、その時だった。

驚いて一太はそちらを見た。

釣りに夢中で気がつかなかったが、対岸にいた裕哉が、いつの間にか数名の大人に囲まれている。

手にしていたバス用の竿《ロッド》を取り上げられ、涙目で謝りながら返してもらおうとしていた。

「おい、そこの餓鬼《がき》、看板の字も読めないのか」

そう言って一太を指差しながら、フィッシングベストを着てサングラスを掛けた、背の低いパンチパーマの男が、池を迂回《うかい》して近寄ってきた。

「お前らみたいなのにヘラ台をイタズラされて、事故でも起こされたらかなわねえんだよ」

突然のことにどうしていいかわからず、釣り竿を握ったまま、一太の体は固まってしまった。

「ここはお前たちの池じゃないだろう」

目の前までパンチパーマの男が迫ってきた時、不意に声が聞こえた。

「子供相手にみっともない」

一太が振り向くと、声を発したのは、どうやら先ほどの老釣り師だった。

決して大声ではなかったが、よく通る声だった。老釣り師はこちらに目を向けもせず、エサを打ち込む手を休める様子もない。

「またお前か」

パンチパーマの男の矛先《ほこさき》が、一太から老釣り師に向かった。

「ここは俺たちの池だから、勝手に釣りをするなって前にも言ったよな」

どうやら老釣り師は、溜池会とは無関係らしい。

老釣り師は狼狽《うろた》えることなく、男を無視して釣りを続けている。その竿先に、また魚が掛かった。

「この池のヘラを釣るな！」

子供である一太が聞いても、子供じみていて幼稚な言い掛かりだった。

裕哉を囲んでいた他の溜池会の連中も、徒党を組んで続々とこちらに向かって移動してきた。今度は老釣り師の座っているヘラ台を、ぐるりと囲むようにして、あれこれと喚《わめ》き立てる。

老釣り師が溜池会の連中を無視しているので、一触即発の雰囲気が、徐々に高まってきていた。

はらはらした気持ちで、一太は成り行きを見守る。いい大人が寄ってたかって、子供の次は老人を囲むとは卑劣《ひれつ》すぎる。

空気のように扱われていることに腹が立ったのか、先ほどのパンチパーマの男が、老釣り師の着ている甚平の胸ぐらを摑《つか》んだ。

これは誰か、他の大人を呼びに行った方が良いかと一太は身構えたが、思い掛けないことが起こった。

「やめとけ」

老釣り師の胸ぐらを摑んだパンチパーマの男が、そのひと言で痺《しび》れたように動かなくなった。

続けて老釣り師が、甚平の襟《えり》を両手で握り、居住まいを正した。ただそれだけの動きで、囲んでいた溜池会の連中が、狼狽えたように一歩、後ろに退《ひ》いた。

それは端《はた》で見ていると滑稽《こっけい》なくらいで、何か見えない力で押し返されたかのように一太には見えた。

溜池会の連中はお互いに顔を見合わせ、すごすごとその場から離れた。

老釣り師は何事もなかったかのように釣りを続けている。

近くに立っていた一太には声も掛けず、溜池会の連中は、老釣り師から遠く離れた対岸のヘラ台に並んで釣りの準備を始めた。

入れ替わりに、裕哉が一太のところに走ってきた。手にはバスロッドが握られている。どうやら返してもらえたらしい。

「大丈夫？」

心配そうに裕哉が声を掛けてくる。

「そっちこそ」

そう言って一太は、足元に置いたままの釣り竿を拾い上げた。

「帰ろうか」

「うん」

そう返事をして、一太は道具を片付けるためにリールを巻いた。

「あれ？」

糸の先には、まだカメが掛かっていた。

体を半分、陸に乗り上げ、釣りバリをくわえたまま、目を細めてじっとしている。

一太がしゃがみ込むと、早く外せよとばかりに、少しばかり首を伸ばしてカメは一太を見上げた。

3

「ふうん。それがこのカメか」

ベランダに出した、水の入ったベビーバスの中で、ゆっくりと四肢を動かしている大きなカメを見下ろしながら、秀雄は言った。

「うん」

夏休み明けの最初の日曜日。

一太は朝から、ダイニングのテーブルで、やり残した夏休みの宿題を今頃になって片付けている。

「お母さんは、飼ってもいいって言ったのか」

「まだ聞いてない」

鼻と上唇の間に鉛筆を挟んで、腕組みして考え込んでいた一太が、秀雄の方を見て言う。

「そのカメ、傷だらけなんだ。何度も釣りバリとかで引っ掛けられているのかもしれない」

「だがなあ……」

ベビーバスは、一太がまだ乳児だった頃に使っていたもので、押し入れの天袋にずっと仕舞われていたものだ。

いつか二人目ができた時に、また必要になると思って取っておいたのだが、それからもう十年以上も経《た》ってしまった。

それにしても……。

話を聞いて、少なからず秀雄は腹立たしい気分に駆られていた。

池を私物化して仲間内だけの勝手なローカル・ルールをつくり、子供や老人相手に恫《どう》喝《かつ》まがいのことをするとは、いくら何でも横暴だ。どういう人たちなのかは知らないが、行政に訴えて、せめて看板だけでも撤去させなければ。

「ちょっと煙草《たばこ》買ってくる。宿題終わらせとけよ」

一太にはそう言って、秀雄はスチール製の玄関ドアを開くと、溜池の様子を見に行くために歩き出した。

考えてみると、溜池に行くのは久方ぶりだった。

時々、一太が釣りをしに行ったりザリガニを捕まえに行ったりしているのは知っていたが、自分には用のない場所なので、歩いて二十分程度の距離だというのに、足を向けるのはたぶん、十数年ぶりだ。

夏の終わりに、一太と一緒にお祭りで来た神社の辺りに出ると、街道沿いのコンビニに立ち寄って、煙草と麦茶のペットボトル、それから家で仕事中に飲むための缶コーヒーを買った。

つい最近まで、うるさいくらいに鳴いていた油蟬《あぶらぜみ》の声も、今はかなりまばらになっている。

街道から枝道に入り、小高い丘というか、小山が二つ連なっている『ひょうたん島』を迂回して、護岸された小川に沿った道を歩いて行くと、その先に溜池への入口があった。

木々が茂っていて、林のようになっているところの奥にあるので、地元の人間でなければそこに池があることすら気がつきにくい。

道路沿いに、軽自動車と原付バイクが停《と》められていた。周囲には他に何もないので、溜池に誰かいるのだろう。

秀雄は大きく深呼吸して、溜池に向かって歩き始めた。

足元は踏み固められているが、左右からかなり藪《やぶ》が伸びてきている。部屋着の半ズボンにサンダル履きで出てきてしまったので、途端にくるぶしの辺りが痒《かゆ》くなってきた。きっと藪蚊《か》だ。

数十メートルも歩くと、前方に溜池の水面が見えてきた。

風が少し出てきているのか、さざ波が立っている。数日前にゲリラ豪雨などがあったせいか、水位もあり、深緑色に濁っていた。

池の畔《ほとり》に出ると、大きく視界が広がった。周囲五百メートルほどの楕円形《だえんけい》をした皿池で、ここからだと対岸までは五十メートルもない。

岸辺の足場が良く、木陰になっていて涼しそうな場所には、一太から聞いていたとおり、池に迫り出すように点々とヘラ台が設置されていた。秀雄が小さかった頃にはなかったものだ。

そのヘラ台に、数名が並んで座り、釣りをしていた。

見ていると、不意にその中の一人に魚が掛かった。

「やあ、また田中《たなか》さんか。こっちにも少しわけてくれよ」

他の者が、からかいまじりの声を出す。

「いやあ、偶然ですよ、偶然」

「あんたは釣りの腕はいまいちなのに、魚には好かれるんだよなあ」

また別の一人がそう言うと、並んでいる者たちがわざとらしいくらいの笑い声を上げた。

田中と呼ばれた痩《や》せた中年男は、そう言われて一瞬だけ瞳に暗い光を浮かべてそちらを睨《にら》みつけたが、すぐに表情を和らげ、手元の玉網で魚をすくった。

隣のヘラ台に座っている、釣り具メーカーのロゴ入りキャップを被った男が、それを覗《のぞ》き込んで言う。

「何だ、小っちぇえなあ。あんまり小さいからメダカかと思ったよ」

「いやいや、ほんの小物で……」

申し訳なさそうに田中と呼ばれた男はそう言うと、魚からハリを外して水の中に戻した。

「人間が小物だと、掛かってくる魚も小物なんだよなあ」

他の者たちが、また一斉に笑った。

一見すると和気藹々《わきあいあい》と釣りをしているようにも見えるが、魚が釣れるたびに、周りの釣れていない者に気を遣って謙遜《けんそん》をしてみたり、嫌みまじりの冗談に付き合わなければならないのかと思うと、あまり楽しそうには見えなかった。

やけに声が大きいのは、たぶん酒を飲んでいるからだろう。実際、釣り座にはカップ酒やチューハイの缶が並んでいる。

何やら話しかけづらい雰囲気だった。深夜にコンビニの前にたむろしている若者と同種の近寄りがたさがある。

池を見回すと、確かに一太の言っていた看板があった。

厚手のベニヤ板に、ペンキで『溜池会の会員以外は釣り禁止』と書いてあり、杭で地面に打ち付けてある。ご丁寧に『釣り禁止』のところだけ赤色のペンキが使われていた。問い合わせ先などの所在は書かれていない。

情けない話だが、ちょっとこの人たちに声を掛ける勇気は出てこなかった。

行政が管理している溜池を私物化するような連中だから、そもそも常識が通じるような相手だとは思えない。

遠目に見ても、並んでいるのはいずれも五十過ぎと思われる中年男性ばかりで、パンチパーマの強面風《こわもてふう》の者もいれば、神経質で頑固《がんこ》そうな風貌《ふうぼう》の人もいる。偏光グラスというのだろうか、魚釣り用の反射を遮《さえぎ》るサングラスを掛けている者もいて、端から見ると、実にたちが悪そうに見えた。

秀雄はもう一度、池を見回した。

不意に、目の端に人影が映った。

溜池会の者たちとは、ずっと離れた対岸の一角に、持ち運び用の組み立て式のヘラ台を出して、静かに釣りをしている老人の姿があった。

今の今まで、気配すらしなかった。突然、そこに現れたかのような錯覚すら感じる。

麦わら帽子を被り、竿掛けに載せた釣り竿を軽く握って、じっとウキのアタリを待っている。

気配を殺しているのは、魚に存在を気づかせず、警戒心を与えないためだろうか。そう思わせるほど、老人の姿は溜池の風景に溶け込んでいた。

これがおそらく、一太の言っていた老釣り師だろう。

聞いていた特徴と多くが一致するし、何よりも直感が働いた。同じ釣り方で同じ魚を狙っているというのに、まったく佇《たたず》まいが違う。たぶん、対岸で釣りをしている連中とは無関係の人だ。

秀雄はそちらに向かって池の際を歩いて行った。

自然の池や沼とは違い、灌漑用に掘られた池なので、濠《ほり》のように岸際から急に深くなっており、土留めの名残《なごり》の杭がいくつも水中から突き出している。老釣り師は、岸際に葦の生えている一角に釣り座を構えていた。

薮をかき分けるようにして、秀雄はそちらに近づいて行く。

こちらはこちらで、溜池会の者らとは別な意味で、声を掛けづらい雰囲気があった。時折、竿を上げて仕掛けを手元に寄せ、練り餌を付け替える時以外は、ウキを見つめているだけで微動だにしないのだが、何というか、どこにも隙がない。声など掛けたら、繊細な時間を壊してしまいそうで躊躇われる。

「あんた、何か用か」

思い掛けず、老人の方から声を掛けてきた。

振り向きもせず、こちらに一瞥をくれたわけでもないのに、まるで背中に目でも付いているかのようだ。一太の言っていたとおりだ。間違いない。

「お邪魔をしてすみません。えーと、先日、うちの子が、いろいろと助けていただいたみたいで……」

我ながら間の抜けた声が出た。

「ああ、あの、何だか面白い仕掛けで鯉を釣っていた子か」

「おそらくそうです。ありがとうございました」

秀雄がそう言うと、老人は麦わら帽子の顎紐を緩めて外し、首に掛けた手拭いで顔を拭いた。

「礼を言われるようなことはしていないが、子供たちが釣りを嫌いにならなきゃいいんだがな」

「まったくです」

こちらを振り向いた老釣り師は、一太から聞いていたとおり、彫りが深くて鷲鼻をしており、何だか北欧系を思わせるような風貌だった。

「ここはみんなの池だ。誰に遠慮する必要もない」

秀雄はちらりと対岸の溜池会の人たちを見た。

さすがにこの辺りだと、大声で何か話しているのは聞こえるが、その内容まではわからない。

老釣り師は、目を細めてそちらを凝視すると、ひとりごつように呟《つぶや》いた。

「ああいうことはしちゃいけない。いずれ自分の首を絞めることになる」

傍《かたわ》らに置いてあるバッグを手元に寄せると、老釣り師は中から風呂敷に包まれた弁当箱を取り出した。

秀雄は時計を見た。いつの間にか時刻は、お昼時に差し掛かっていた。

慌てて秀雄は手に提げているコンビニの袋から、自分用のつもりで買ってきていた麦茶のペットボトルと缶コーヒーを取り出した。

「あの、よろしかったら、これを……」

池でこの老釣り師を見かけたら、お礼を言うつもりでいたのに、何も用意していなかった。

老釣り師は、落ち窪んだ眼窩《がんか》の奥にある、黒目がちの眼《まなこ》を開くと、微《かす》かに頷《うなず》いて受け取ってくれた。

今時はなかなか見かけないような、アルマイト製の大きな弁当箱を開くと、中身は日の丸弁当で、隅の方にほんの少しの漬け物とおかずが見えた。

おしぼりを取り出して手を拭き、白いご飯を頰《ほお》ばり始めた老釣り師の横顔を見ながら、どういうわけか秀雄は、この老人と、遠い昔にどこかで会ったことがあるような不思議な気分に駆られた。

「近くにお住まいなんですか」

何となく、この老釣り師の正体が知りたくなって、秀雄は聞いてみた。

「いや、地元の人間ではないよ」

老釣り師が答える。

「ただ、以前は商売の絡《から》みで、この辺りに来る用事がたまにあってな。その度にここで釣りをするのが楽しみだったんだ」

そう言うと、老釣り師は秀雄が渡した麦茶のペットボトルを開け、喉《のど》を鳴らしながら三分の一ほど飲んだ。

「冷たくておいしいね。ありがとう」

秀雄を見て頷きながら、老釣り師が言う。

思っていたよりも人当たりは好《よ》い感じだが、思い返してみると、まだこの老人は一度も笑顔を見せていない。

「ご時世で商売の方の景気も悪くなったから、今は若い者に譲って、隠居して釣り三昧《ざんまい》だよ」

老釣り師は、再び弁当を口に運び始めた。

ひと口のおかずで、その何倍もの飯を食う。そういえば、秀雄が小さい頃は、こんな飯の食べ方をする大人が多かった。

4

少し迷った末、溜池の件については、市役所の相談窓口にメールで現状を伝え、対応と改善を求めることにした。

お役所の対応にはあまり期待できないが、何もしないよりはましだろう。

このところ仕事が忙しく、家を空けがちだった妻の伊佐子は、今日初めて、ベランダに出ているベビーバスに、大きなカメがいることに気がついた。

普段の洗濯や布団干しは秀雄がやっていたから、ベランダにそんなものがいるとは思いもしなかったのだろう。

伊佐子はカメを飼うことには反対のようだった。

動物が苦手なのは知っていたが、特に爬虫《はちゅう》類《るい》や両生類《りょうせいるい》は生理的にダメらしい。

それがわかっていたから、一太もこっそりとベランダの隅で飼っていたのだろうが、いざ見つけてしまうと、元の池に戻して来いの一点張りで伊佐子はとりつく島もなく、臭いだの何だの言って不機嫌だった。

とばっちりは秀雄の方にも飛んできた。

伊佐子からは、カメにはサルモネラ菌がいて子供の健康に良くないとか、団地ではペットは禁止されているだとかの正論で責められ、一太からは、自分が学校に行っている間に、勝手にお母さんがカメを捨てたりしないように見張ってくれと頼まれ、秀雄は板挟みのような立場になってしまった。

そういえば、自分が子供の頃、カメすくいでお小遣いを全額スッた時、テキ屋のおじさんに最後にお情けでもらったカメも、やはり家の中が生臭くなるとかの理由で、飼うのを許してもらえなかった。

秀雄は、そのカメに「マリラ王」という名前をつけたのを思い出した。

その頃読んだ子供向けの冒険の本で、キャプテン・クックがマダガスカル島から連れてきた小さなカメを、トンガ国王に献上し、それが国王よりも長生きして、最後は国民から「マリラ王《トゥイ・マリラ》」と呼ばれるに至ったというエピソードに感動してつけたものだ。

予定では、秀雄の小さなカメは、この団地に住む誰よりも長生きし、それどころか、いつか団地がなくなってからも生き続けて、マリラ王ならぬ団地の王となる筈だったのだが、その計画は、およそ一週間で頓挫《とんざ》した。

伊佐子が一太に、カメを捨ててきなさいという理由と、ほぼ同じような事情で、秀雄もカメを逃がすことになったからだ。

まだテキ屋が入っていて賑やかだった頃のお祭りで、平べったい水槽の上にぶら下がった裸電球の光の中で、小さなカメを手に入れようと、必死になっていた時のことを秀雄は思い出した。

針金を突き刺した薄いモナカの皮は、元気に水の中を泳ぎ回るカメをすくうには頼りなさ過ぎた。

うまくすくえたと思っても、水に浸《つ》かって半分溶けてしまったモナカの皮は、持ち上げる時にカメの重みで崩れてしまう。

それがダメになる度に、後先も考えずに財布からお金を出して、新たなカメすくい用のモナカの皮を買った。

「坊主、無理だ。もうやめとけ」

途中、テキ屋のおじさんが舌打ちまじりにそう促したのを覚えている。

見上げると、浅葱色《あさぎいろ》の鯉口シャツを着たそのおじさんは、追い払うようにしっしと秀雄に向かって手を振った。

シャツの胸元からは刺青《いれずみ》が見えていた。

頬《ほ》っかむりをして口から炎を吹いているひょっとこの絵柄で、それがテキ屋のおじさんのシャツから、覗き込むように顔を半分出していた。

ちょっと怖かったが、無理だと言われて、すでにモナカの皮を何枚も買って一匹も獲《と》れていなかった秀雄は、却《かえ》って意地になってしまった。

「縁日のカメなんてすぐ死んじまうぞ」

そう言われると、秀雄は夏休みの宿題に読んだ本で覚えたばかりの、キャプテン・クックのカメの話を持ち出して反論した。王よりも長く生きたカメがいるのだと。

そんな子供の戯言《ざれごと》に、おじさんは苦笑いを浮かべ、後は放っておいてくれた。

カメすくいの商売は、他の出店に較《くら》べると、あまり人気がないようだった。

ずっと挑戦し続けているのは秀雄だけで、たまに客が来ても、簡単にモナカが水で溶けてしまうので、これは無理だと察し、離れていってしまう。

やがて財布の中のお金が底を突き、最後のモナカの皮が、あっさりと溶けて針金から外れ、水の中に落ちると、秀雄はやっと我に返って愕然《がくぜん》とした。

縁日は始まったばかりで、射的や輪投げ、宝釣りや型抜きなどのゲームもまだやっておらず、お好み焼きもクレープも水飴《みずあめ》もソースせんべいもかき氷も食べていなかった。

大事にとっておいたお年玉と、親からもらったお小遣いを手に、喜び勇んで神社の境内に飛び込んでから、まだ一時間も経っていない。

後悔で泣きそうになるのをぐっと堪《こら》え、秀雄は立ち上がると、カメすくいの屋台に背を向けて神社の入口に向かって歩き出そうとした。

「ちょっと待てよ」

その秀雄を、テキ屋のおじさんが呼び止めた。

「残念賞だ。一匹持ってけ」

おじさんは、小さなビニール袋に水を入れ、網で適当にカメを一匹すくってその中に入れてくれた。

「獲れなかったのに、おまけでカメをもらったなんて、友だちには絶対に言うなよ」

カメの入ったビニール袋を持たされても、秀雄はお礼も言わず、涙目でおじさんを睨みつけ、すぐに神社の外へと走り出した。

情けを掛けられたことが悔しかったのもあるし、お金を騙《だま》し取られたような気分だったので、怒りもあったのだと思う。

あっという間に財布を空にして、半泣きで戻ってきた秀雄を、両親は悪い中高生にカツアゲでもされたのではないかと心配した。秀雄は仕方なく、素直に事情を話した。

せっかく楽しみにしていた縁日だからと、母は追加でお小遣いを渡してくれようとしたが、父がそれを止めた。自分の欲に負けてお金を使い果たしたというのに、なくなったからといってまた新たに渡していたら、将来、ろくな大人にならないと。

家にいると、一緒に縁日に遊びに行こうとクラスメートが次から次に誘いに来たが、秀雄は涙を堪え、興味がないからいいと強がりを言ってそれを断った。

夏にカブトムシを飼っていたプラスチック製の水槽を綺麗《きれい》にして水を入れ、ふて寝するように居間に寝転がり、カメを眺めながら、縁日が終わるのを待った。

きっとこのカメとの出会いは、お年玉とお小遣いを合わせたお金では買えないくらいの、自分の人生で重大な出来事なのだと考えることにした。

きっとキャプテン・クックが、マダガスカル島で何気なく小さなカメを拾った時だって、そのカメが後にトンガで王と呼ばれるようになるなんて、思ってもみなかったに違いないのだ。

そう考え、秀雄はそのカメに、子供ならではの少し残酷な仕打ちをした。

5

行政からは、意外と早い返事があった。

担当者からのメールによると、件《くだん》の溜池は市が管理しており、溜池会への同様の苦情は、今までにも何件か寄せられているということだった。

秀雄は知らなかったが、つい数週間前にも、未就学児童がヘラ台の上に乗って遊んでいて足を滑らせ、池に落ちてあやうく水死しそうになる事故もあったようだ。

近く水門を開いて溜池の水を抜き、釣りの対象になる外来魚や放流魚を駆除すると言っていた。不法投棄に当たるヘラ台などは全撤去して、周囲をフェンスで囲って釣り禁止にする計画もあるらしい。

溺《おぼ》れたのが、どうやら市議の関係者の甥《おい》だか孫だったらしく、事は迅速《じんそく》に進んでいるようだった。予算の関係で頓挫したが、最初は埋め立てる予定だったという。

溜池会の連中がナーバスになって、自分たち以外は釣り禁止だとかヘラ台の使用禁止だとかの看板を出していたのは、仲間以外の釣り人や、池で遊ぼうとする子供などを締め出せば、自分たちだけは釣りが続けられるかもしれないという、浅はかな考えによるものだったようだ。だが、看板に対する苦情もずいぶんと来ているようで、どうやら裏目に出ているみたいだった。

　近く溜池では釣りができないようにするので、どうかそれまでの間はご理解とご協力を、という役所からのメールを読み終わり、秀雄は何だか複雑な気分になった。

　子供を持つ親の立場としては、遊び場は安全な方がいいに決まっているが、溜池を立入禁止にし、一太のような子供たちや、あの老釣り師のような人たちまで追い出してしまうのは、違うような気がした。何だか夏の終わりに一太と連れ立って行った、テキ屋を追い出して健全化してしまった縁日を見た時に感じたのと同様の、一抹《いちまつ》の寂しさがあった。

「あの溜池、全面的に釣り禁止になるらしいぞ」

　学校から帰ってきた一太にそう告げると、やはりがっかりした表情を見せた。

「溜池会の人以外は釣り禁止っていうこと？」

「違うよ。あの池は別にあの人たちのものじゃないからね。役所に問い合わせたら、子供が池に落ちて溺れたりしたら危険だからって……」

　聞くと、あれから一太は一度も溜池には行ってないという。

　大人に囲まれて身に覚えのないことで怒られ、嫌な思いをしたから、遊びに行くのを避けているのかもしれない。

　一太がランドセルを放り出し、自転車に乗ってどこかに遊びに行ってしまうと、秀雄はベランダに出た。

ベビーバスでは、相変わらず一太の捕ってきたカメが、頻《しき》りに四肢を動かしている。

童話や童謡の世界では、カメはのろまのイメージだが、あれは間違いだ。陸では確かにおとなしいが、水の中に入れば、カメはひっきりなしに動いているし、意外と獰猛《どうもう》な生き物だ。

捕まえてきた当初は、熱心にカメの世話をしていた一太も、一週間もすると飽きてしまったようで、この二、三日は水替えもエサやりも行っていないようだった。

種類にもよるのだろうが、カメは場合によっては一年近くエサを摂《と》らなくても生きていたりするくらい、燃費の良い生物らしい。

一週間やそこら、エサをやらないでいても死にはしないが、水替えを怠《おこた》ると、あっという間に臭くなる。そうでなくても伊佐子はカメの飼育に反対なのだから、臭いが酷《ひど》くなる前に、まめに交換してやらなければならない。

仕方なく浴室からホースを引っ張ってきて、ベビーバスからカメを摑んで取り出そうとしたが、大きすぎて片手では持てなかった。

両手でカメを持ち上げてベランダの隅に置くと、早速、カメはベランダ内の散歩を始めた。それを後目《しりめ》に、濁ったベビーバスの中の水をドレンに流す。

汚れや臭いが残らないようにホースでベランダ全体に水を流しながら、ベビーバスを洗う。

ひととおり作業を終えると、甲羅《こうら》干し用のブロックを中に戻し、適度な深さに水を入れた。

カメを戻そうと、再び両手で摑んだ時、カメが暴れて表面の甲羅が滑り、手から落としてしまった。

ベランダにひっくり返って仰向《あおむ》けに手足をばたつかせ、起き上がって逃げようとするカメの腹側の甲羅に、秀雄は妙な傷を見つけた。

そういえば、一太が、このカメは傷だらけだと心配していたのを思い出した。

これは……。

ぬるぬると滑る甲羅と、暴れるカメに往生しながら、その傷をためつすがめつする。

かなりの古傷だが、文字のように見えた。治癒の具合にムラがあるのか、ところどころ文字が途切れたりくっついたりしているところもある。

『Tui Malila』

腹甲には、そう書いてあった。

正解の単語がそれだと知らずに見たら、文字であることにすら気がつかなかったに違いない。

秀雄は唸《うな》った。

フラッシュバックのように、子供の頃の思い出が蘇《よみがえ》る。

縁日から持ち帰ったカメを逃がす時、自分はその腹甲に、画鋲《がびょう》を使ってマリラ王の名前を刻みつけたのだ。

大人になった今、思い返すと、実に残酷なことだが、本に載っていたトゥイ・マリラの綴《つづ》りを参考に、見様見真似《みようみまね》で刻んだのだ。いつか再会した時に、すぐにわかるようにと。

そして秀雄は、カメをあの溜池に放した。

カメを手にしたまま、秀雄は立ち上がる。

こんなことってあるのだろうか。あれから、もう三十年以上の月日が流れている。

子供の手の平にちょこんと載るような大きさだったあのカメが、今、この手の中で暴れている大きなカメなのか。

「お父さん、お父さん！」

その時、遊びに行っていた筈の一太が、玄関のドアを勢い良く開いて戻ってきた。

「大変だよ。溜池が……」

カメをベビーバスに戻し、秀雄はそちらを振り向いた。

急いで溜池に足を向けてみると、確かに一太が慌てていたとおり、水門を開いたのか、格段に水位が下がっていた。

岸際のヘラ台は、土台になっている杭が水底近くまで現れており、葦の生えた岸際も、水が引いて田んぼのようになっている。

溜池の入口には、市役所や河川事務所の名前が入ったワゴンや軽トラが数台、停めてあった。

ある程度、予想はしていたが、胴回り丈のゴム長を身に着けた、市の職員らしき人たちが、水が引いてぬかるんだ溜池に入り、水底のゴミの様子や、ヘラ台の設置状況などを調べたり、写真に撮って記録していた。

噂を聞きつけたのか、溜池会の連中も集まっていた。

今にも摑みかからんばかりの剣幕で、気の弱そうな若い職員に罵声《ばせい》を浴びせている。

スケープゴートにされたその職員は、青い顔で溜池会の連中を宥《なだ》めているが、他の職員たちは、保護帽を被った駆除か撤去の業者と思《おぼ》しき人たちと、池の状態を見ながら、何やらあれこれと打ち合わせをしていた。

秀雄は、例の老釣り師の姿を捜《さが》したが、見当たらなかった。

地元の人間ではないと言っていたから、いつも釣りをしに来ていたというわけでもないのだろう。

「こんなくだらないことに税金使いやがって、他にやることあるだろうが！」

溜池会の連中が、理不尽な物言いで市職員を怒鳴りつける声が聞こえる。

「お前ら行政が、ずっとさぼっていたのを、俺たちが十何年も自主的に管理してやってたんだぞ。これがその仕打ちかよ」

他の者が怒鳴り声を上げる。

若い市職員は、誠におっしゃるとおりとか、たいへん申し訳なく思っておりますとか、前向きに対処させていただきますとか、肩透かしのような言葉を繰り返している。

「ここにずっと釣りに来ていたヤクザだって、俺たちの力で追い出したんだ。この池の事情なんか何も知らないくせに、勝手なことをするな」

溜池会の者が言った、その言葉が妙に引っ掛かった。釣りに来ていたヤクザとは誰のことだ。一太の話や、秀雄の知る限り、溜池会が池を私物化し始めてから、この池でよく釣りをしていたのは、あの老釣り師以外に思い浮かばない。

思い返してみると妙だった。

一太の話では、最初、溜池会の連中は、あの老釣り師にも絡んでいたという。少し経ってから、秀雄が老釣り師と会った時は、お互いに距離を置いてはいたものの、溜池会は、老釣り師には不干渉に見えた。

秀雄は、一太の話を思い出した。囲まれていた老釣り師が、着ている甚平の襟口を直しただけで、溜池会の連中はすごすごと引き下がったと言っていた。一太はそれを不思議がっていたが、もしかすると……。

その疑問を確かめるには、直接、聞いてみるしかない。勇気を振り絞り、秀雄は大声で揉《も》めている溜池会の連中のところまで行き、恐る恐る声を掛けた。

6

とばっちりを受けて散々に怒鳴り散らされたが、やはり秀雄の思ったとおりだった。

「何だお前は。あのモンモン野郎の仲間か」

前に秀雄が老釣り師と話をしていたのを覚えていたのか、溜池会の一人が秀雄に向かってそう言った。

モンモンとは、つまり刺青のことだ。

襟口を直しただけで溜池会の連中が引き下がったというのは、おそらく胸元に彫られた刺青を見せて、自分がどういう人間かをわからせ、逆に恫喝をかけたのだろう。

秀雄が老釣り師と会った時、溜池会の連中が、まるで老釣り師を空気のように扱っていたのは、お互いに関わり合いを持たないことで、均衡を保っていたのだ。

溜池会の連中の罵詈雑言《ばりぞうごん》を我慢して聞き流しながら、根気よくあの老釣り師について聞き出そうとしたが、溜池会の者たちも、詳しいことは知らないようだった。

だが、以前は週に一、二度来ていたあの老釣り師は、このところ姿を現さなくなったという。

それをこの連中は、自分たちの力で追い出したと考えているようで、池に遊びに来る子供たちを、犯罪者から守ってやったのだと主張していた。

若い市職員は、相変わらず壊れたレコードのように、おっしゃるとおりです、たいへん申し訳ございません、などと繰り返すだけで、わざとやっているのか、その暖簾《のれん》に腕押しっぷりは筋金入りだった。最後は溜池会の連中の方が根負けし、ヘラ台の撤去や水抜きはいいが、釣りだけは禁止にしないでくれと懇願《こんがん》口調になっていた。市職員の返事は、前向きに検討します、だった。

まだ揉め続けている溜池を後にし、秀雄はその足を神社の境内に向けた。

溜池会の人の話によると、老釣り師の胸元に彫られていたのは、口から炎を吹くひょっとこだった。

刺青のことはよく知らないが、珍しい柄なのは間違いないだろう。

幼い頃に見た、カメすくいのテキ屋のおじさんが着ていた鯉口シャツの胸元から、じっとこちらを覗いていた、ひょっとこの無感情などんぐり眼《まなこ》が思い出される。

カメの腹甲に刻まれた文字のことも含め、頭がごちゃごちゃで、どこかに腰掛けて、じっくりと考えないと混乱しそうだった。

境内の一角にあるベンチに座り、煙草を取り出して火を点《つ》けると、ゆっくりと頭を働かせた。

秀雄と会った時、老釣り師はこう言っていた。

——以前は商売の絡みで、この辺りに来る用事がたまにあってな。その度にここで釣りをするのが楽しみだったんだ。

——ご時世で商売の方の景気も悪くなったから、今は若い者に譲って、隠居して釣り三昧だよ。

老釣り師が、あの時のカメすくいのテキ屋のおじさんだったとするなら、商売の絡みでこの辺りに来る用事があったというのは、おそらく、この神社での縁日や、正月の出店のことだろう。テキ屋として出世し、親方格になっていたのなら、打ち合わせやショバ割りのために、何度も足を運んでいたに違いない。

ご時世で商売の景気も悪くなったというのは、祭りが健全化されて自治会などが屋台を出すようになり、テキ屋が締め出された件だろう。

それはこの地域に限ったことではなく、全国的な風潮だというから、テキ屋の凌《しの》ぎも苦しい時代になっているのかもしれない。

あの老釣り師に、もう一度会いたい。

秀雄はそう思った。会って、また話がしたい。

備え付けの灰皿で煙草をもみ消すと、秀雄は立ち上がった。

少しだけ迷い、社務所に足を向けた。あの老釣り師がテキ屋だったとしたら、この神社の宮司なら、何かしら事情を知っていると思ったからだ。


「溜池の水が元どおりになったら、あのカメ、逃がしに行こうか」

その日の夕食の席で、秀雄は一太にそう提案してみた。

早く捨ててきてくれと、伊佐子は大喜びだったが、一太は少し躊躇《ちゅうちょ》があるようだった。

伊佐子が風呂に入ると、秀雄はベランダに一太を誘い、子供の頃にあったこと、そして今日あったことを話した。

「じゃあ、あの仙人みたいな釣り師のおじいさん、死んじゃったの」

「そうみたいだよ」

一太は両手でカメを持ち、腹に刻まれたマリラ王の名前を眺めていたが、秀雄の話には半信半疑のようだった。

「数年前に、神社の縁日からテキ屋が締め出されたのと同じ頃にガンが見つかって、隠居したらしいんだが、最近になって急に悪くなったらしい」

「ふうん」

あまり興味もない様子で一太が返事をする。

カメにはサルモネラ菌がいるから、絶対に素手で触ってはダメだと伊佐子にガミガミ言われていたから、こんなところを見つかったら、秀雄も一緒にどやされる。

秀雄は、日中のことを思い出した。

「……義理堅い人でね。近くの溜池に釣りに来るついでに、よくこちらにも寄ってくれていました」

神社の宮司は、不意に訪問して妙なことを聞いてくる秀雄にも、嫌な顔ひとつせず応対してくれた。

「先代の時から、何十年も仕切りを頼んでいましたからね。縁日が自治会主催になって、断らなければならない時は心苦しかった。所轄の警察署の指導なんかもあって、仕方なかったんですけどね」

「そうですか」

座布団を勧められて社務所の玄関先に腰掛け、世間話のような感じで話をした。

「親方は怒りもせずに、ご時世ですね、と言ってましたよ。ちょうどその頃に病気も見つかったのかな。若い人に組は譲って、隠居すると言ってました。静かに釣り三昧の生活を送るのが昔からの夢だったと言ってましたが、寂しそうでしたね」

それからは何度か手術などもして、このところは調子も良かったようだが、それが急に倒れて入院し、すでに鬼籍に入ったという。

「入院先に、一度だけ見舞いに行きましたよ」

つい最近のことなのだろうが、懐かしむように目を細めて宮司は言った。

「こんなことを言ってました。何十年も前に、カメすくいの凌ぎをしていた時、小さな子供に小遣いを残らず使わせてしまったことがある。あの時のちびっ子の悲しげな、残念そうな顔が忘れられない。こんな商売の仕方をしていたら、いずれ世間からそっぽを向かれる日が来ると思っていたが、その時が来たんですね、と」

それが幼い頃の秀雄について語ったことなのかどうかはわからない。

同じようなことが何度もあって、その度に、あの老釣り師は、そういう虚《むな》しい気持ちに駆られていたのかもしれない。

溜池で老釣り師が言っていたことを秀雄は思い出す。

――ああいうことはしちゃいけない。いずれ自分の首を絞めることになる。

それはたぶん、溜池会を見ながら、自分の過去を省みて自戒のような気持ちで言ったのだろう。

何ともいえない気分に秀雄は駆られた。

あの時、テキ屋のおじさんは残念賞だといってカメをくれたし、今年の夏、一太を連れて縁日に行った時には、テキ屋がいなくなって、いかがわしさやインチキ臭さが抜けてしまったお祭りを、秀雄は物足りないと感じたのだ。そしてあの老釣り師は、息子の一太を、理不尽な大人たちから守ってくれた。

だが、そのことを老釣り師に伝える術《すべ》はない。

向こうはおそらく秀雄のことなど覚えていないだろうが、おまけでくれたカメのお礼を言いたいと思った。すぐ死んでしまうと言われたカメが、あの溜池で大きく育っていたことも教えてあげたかった。伝えたところで、きょとんとされるだけだったかもしれないが。

ベランダで一緒にカメを眺めながら、それらのことを、一太に理解できそうなところだけ選んで伝えたが、幼い一太には、あまりピンと来ないようだった。

風呂上がりの伊佐子が、素手でカメを触っている一太を見つけて、ヒステリックに怒り出し、この感傷はお開きになった。

7

「カメはものすごい長生きだっていうから、いずれ一太が大きくなった時に、また会うことがあるかもしれないよ」

カメの入ったバケツを手にした一太と溜池に行くと、駆除や撤去が終わって水門を閉めたのか、水位は元に戻っていた。

岸際に何台も設置されていたヘラ台は、残らずなくなっていた。

一太はもう、カメの飼育には飽きていたのか、逃がしに行こうと誘っても、面倒くさいからお父さんが一人で行ってきてよ、などと言い出す始末だった。

もうちょっと感慨深いお別れがしたかったのだが、友だちと遊びに行きたい様子の一太が、早くしてと急かすので、仕方なく両手でカメを摑み、岸際の水にそっと放した。

ふと傍らの一太を見ると、ふざけて敬礼していた。

それが、マリラ王に対する正しい礼儀なのかどうかはわからなかったが、秀雄も一緒になって笑いながら、浮かんでいるカメに向かって敬礼をした。

やがてマリラ王は、王に相応《ふさわ》しいゆうゆうとした泳ぎを見せ、岸から離れ始めた。途中、一度だけ回転するように振り返り、こちらを一瞥したように見えたが、そのまま水底へと潜り、やがて姿は見えなくなった。

「もういい？」

カメの姿が見えなくなると、早速、一太がそう言った。

「いいよ。帰宅のメロディが鳴ったら帰って来いよ」

秀雄がそう言った途端、一太は溜池の入口に置いた自転車に向かって走り出した。

これでは余韻も何もない。苦笑いを浮かべて一太の背中を見送ると、秀雄はもう一度だけ、溜池を振り返った。

溜池の周囲がフェンスに囲まれて釣り禁止となり、岸際にも近づけなくなったのは、それから二か月ほど経ってからだった。

一太はもう、釣りには興味を失って、最近はサッカーに夢中だ。

フェンスをペンチで破って中に入ろうとしていた、元溜池会の人が器物損壊で捕まったらしいという噂が、それから暫くして耳に入ってきた。

カメを逃がした時、一瞬振り返った溜池の風景を、今でも時々、秀雄は思い出す。

午後の強い日射しが水面に照り返してぎらついており、思わず秀雄は眩《まぶ》しさに目を細め、手を翳《かざ》した。

岸際の葦の陰で、長いヘラ竿が音もなく優雅に舞ったように見えたのは、おそらく気のせいだろう。

眩しく照り返す溜池の水面に、一瞬、あの老釣り師の影が映ったように感じた。

老釣り師の座っているヘラ台の傍らで、首を引っ込めたマリラ王が、じっと寄り添うように甲羅干しをしている光景を、何となく秀雄は思い浮かべた。

ノートリアス・オールドマン

1

「何の用だ」

玄関先に出てきた金髪の老人は、電動車椅子《いす》に乗っていた。

「いや、今度、団地の自治会でですね、お年寄りを中心にした交流会を開こうと思いまして……」

「ふん」

こちらを値踏みするように老人……小池祥三《こいけしょうぞう》さんは、顔に掛けた濃い色合いのサングラス越しに、僕を見上げてくる。

「チラシを持ってきたんです」

僕はクリアファイルに挟んで持ってきた手作りのチラシを渡そうとした。受け取りを拒否されるかと思ったが、案外素直に小池は手を差し出してきた。

「お前、名前は？」

睨《ね》めつけるようにチラシを見ながら、小池が言う。

「あの……自治会で副会長をしている甲田《こうだ》といいます。住んでいる棟と連絡先はそのチラシに書いてあるので、もしわからないことがあれば……」

小池は舌打ちをしてチラシを四つに折ると、膝《ひざ》に載せたブランケットの下に仕舞った。

「こんなの回覧板で回せよ。いちいち訪ねてくるな」

「あの……小池さんは独り暮らしですよね」

「だから何だっていうんだ」

少しばかり小池の語気が強くなる。

独居老人は、プライドが高い人も多く、ちょっとした言葉で傷ついたり怒り出したりすることもあるので、気をつけなければならない。

「発足したばかりの会なので、まだこれからなんですが、今後はお花見や新年会を主催したり、他にも将棋《しょうぎ》とか絵とかの趣味の集まりもやろうと……」

「俺たち独居老人の生存確認のためだろう？　勝手に死んで部屋を汚されたら困るってところか。わかったから、もう帰れ」

にべもなくそう言われ、仕方なく僕は挨拶《あいさつ》をして部屋を出た。

何やら異常に迫力のある老人だった。

長く伸ばした髪の毛は、わざわざ金色に染めているようだったし、車椅子に乗っていても、上背が高いのがわかった。元ヤクザか何かだろうか？

そんなことを考えながら、僕は名簿を取り出して、次に訪問する予定の棟と部屋を確認する。

団地にはいろいろな人が住んでいる。中には素行の悪い人もいるし、自治会への苦情の訴えがひっきりなしの住人だっている。

だが、少なくとも僕が自治会の役員になってからのここ数年では、小池に関する苦情があった覚えはない。

体が悪いようだから、あまり外を出歩かないのかもしれない。それなら尚更《なおさら》、参加して欲しいところなのだが、あの様子では無理だろう。そう思って僕は溜息《ためいき》をついた。

2

「続けて役員を引き受けるに当たって、条件があります」

それは春を目前にした二月、団地内にある公民館で行われた、新役員選出の打ち合わせの時のことだった。

例によって、順番で持ち回りになっている筈《はず》の役職が、個人的な理由で断られるなどして決まらず、またもう一年、僕に副会長を続けてもらえないかと打診があった。

これで四年連続。もちろん、自治会の仕事にギャラが発生するわけでもなく、役得もないので、引き受けても、ただ損をするだけだ。

任期延長をお願いされたら、今度は断固たる態度で断るつもりでいたのだが、ちょっと事情が変わり、心境に変化が出ていた。

ついこの間までは、母の介護と兼任だったので、定職を持っていない僕でもなかなか大変だったのだが、長年行方不明だった父が戻ってきてくれることになり、今は母の面倒は殆《ほとん》ど任せていられる。

母は十歳以上も若返ったようになり、最近はよく家でも化粧《けしょう》をしている。父も母の面倒を見るのは満更《まんざら》でもないようで、まるで新婚夫婦のような仲睦《なかむつ》まじさだった。家にいると息子の僕がいたたまれなくなるくらいだ。

相変わらず僕は、仕出し弁当屋でのバイト暮らしだったが、ハローワークで正社員の求人を探して面接に行ったり、バイトの時間を増やしたりする気持ちの余裕ができた。

「以前、うちの団地に住んでいた独居老人が、餓死《がし》した状態で発見された事例がありましたよね」

それは、僕が初めて副会長に就任した年にあったことだ。

悪臭の苦情を受け、行政の担当者の立ち会いの下、当時の自治会役員の一人が部屋に入ったのだが、電気もガスも水道も止まった部屋の、畳の上に敷かれた布団の中で、老人は、すっかり痩《や》せ細って死んでいた。

とても真面目な人だったようで、そんな状態であるにも拘《かか》わらず、前の月まできっちりと家賃は期日までに振り込まれていた。冷蔵庫の中には空になったマヨネーズの容器しかなかったが、自分が飢えて死ぬことよりも、家賃を払うことの方を優先して死んで行ったのだ。

「今後、再び同じようなことがあってはいけないと思うんです。積極的に声掛け運動をして、例えば独居老人が、団地内の同世代の方たちと知り合ったり交流できるような場所を自治会が提供するとか……」

「だがなあ……」

自治会長の鶴田《つるた》が、僕の話を遮《さえぎ》るように声を出した。

「やるにしても、名簿からリストアップしたり、一軒一軒訪ね歩いたり、手間だぞ」

鶴田の家には寝たきりのお父さんがいるので、賛同してくれるかもしれないと思っていたが、その期待は裏切られた。

「やるなら次期の自治会の役員と相談してくれよ」

投げやりに鶴田が言う。先ほどから頻《しき》りに腕に嵌《は》めた時計を気にする素振りを見せているが、これは面倒な話を先送りにしたい時の鶴田のいつものポーズだ。

「迷惑はかけません。僕一人でやりますから、承諾してもらえませんか」

もうすぐ解散する今期の役員のうちに、自治会の承諾を得てしまえば、既成事実として発足できる。

「まあ、甲田くんが一人で頑張るっていうなら……」

渋々といった感じで鶴田が採決を取り、独居老人への声掛け運動と、自治会主催の交流会の発足が決まった。

「ところで、団地宛にこんなものが届いているんだが……」

役員会も終わりに近づいた頃、鶴田が思い出したように大型の封筒に入った郵便物を取り出した。

「誰か、心当たりのある人いる？」

鶴田が中身を取り出しながら言う。

それはチラシの束のようなものだった。僕も一枚もらい、目を通す。

どうやら美術展か何かのチラシのようだ。

渋谷区恵比寿《えびす》にあるギャラリーを会場にしているようで、裏側を見ると、海外から作家を招いてのシンポジウムやトークショーなどのイベントもあるらしい。

「これは？」

「いや、だからよくわからんのだよ。封筒に送り主の連絡先が印刷されていたから、開封する前に、こちらから電話してみたんだが、出展している作家から、この団地に住んでいる『ミフネ』とかいう人物宛に送ってくれという指示があったらしくて……」

確かに、鶴田の手にしている封筒には、棟や部屋の番号はなく、ただ『ミフネ様』とだけ書いてある。

宛名が団地気付《きづけ》になっているので、返送されずに自治会の代表者である鶴田のところに配達されたらしい。

「ミフネなんて名前の住人、いましたっけ？」

腕組みして考えながら僕は言った。

「名簿を調べてみたが、過去十年に亘《わた》って、引っ越して行った人を含めてもいない。何かの間違いじゃないかと言ったんだが、それならそれで、送り返す必要はないから、開封してチラシと招待券は自治会の方で活用してくださいと言われて……」

確かに、チラシの他に、招待券が十枚ほど同梱《どうこん》されている。

「これを送るように指示した作家っていうのは……」

「えーと、聞いたんだがな。どうも外国人の名前ってのは覚えられなくて……」

鶴田は首を捻《ひね》り、チラシの裏側を睨《にら》む。出展している作家は十数名おり、鶴田は本当に思い出せないようだった。

「特定の政党や宗教絡《がら》みとかでないなら、回覧したらどうですか。御希望の方は自治会に招待券があるって……」

「まあ、別に問題ないだろうが、こんなのに興味を持つ人、うちの団地にいるのかね？」

ひらひらと何度もチラシの表裏を眺めながら、鶴田が言った。

団地内の公民館の集会所で、月に二回という形で、ひと先《ま》ず、僕の提案した交流会は始まった。

最初は誰も来ないのではないかと心配していたが、これが案外に好評で、独り暮らしの老人を中心に、最初から十数名の参加があった。

手応えを感じた僕は、参加してくれた老人の提案で、団地に住む小学生なども交流会に誘うことにした。

お菓子とジュースを用意して食べ放題にしたら、口コミで広がって、それ目当てにけっこう小学生も立ち寄るようになった。

アマチュアで段位を持っているという老人が、最近、将棋を覚え始めた小学生を集めて教えたり、お菓子目当てでやってきた子の携帯ゲーム機に興味を持って、逆にはまってしまうお年寄りなどもいて、思っていたよりもいい雰囲気で会は運営されていた。

これまで同じ団地に住んでいても、知り合う機会のなかった老人同士も、交流のきっかけができて喜んでいるようだった。

例の金髪老人、小池さんが、ふらりと姿を現したのは、会も数回を経て軌道に乗り始めた頃だった。

「おい、誰かいねえのか！」

　怒鳴り声が聞こえてきたのは、ちょうど有村《ありむら》という老人が、座敷にある小さなステージで詩吟《しぎん》を披露《ひろう》している時だった。

　借りている公民館の部屋は畳敷きの和室で、入口には三和土《たたき》があり、靴を脱いで上がるような構造になっている。

　引き戸が開く音で、誰かがやってきたことに気づくべきだったが、うっかり聞き落とした。

　防音のために締め切っていた襖《ふすま》を開くと、三和土にはむすっとした顔の小池がいた。もしかしたら、けっこう長い間、そこで誰かが出てくるのを待っていたのかもしれない。

　上がり口は段差になっており、電動車椅子で訪れた小池は、誰かの手伝いがないと入れないようだった。

「すみません！　気がつかなくて……」

　慌てて僕がそう言うと、小池は車椅子のラックに積んである松葉杖《まつばづえ》を顎《あご》で示した。僕は頷《うなず》き、それを下ろそうとした。

「手伝った方がいいですか？」

座敷の方からひょっこりと顔を覗《のぞ》かせ、声を掛けてきたのは、北1号棟の城島《じょうしま》さんの息子で、一太《いった》くんという男の子だった。

「悪いな、坊主。手を貸してくれるか」

小池は口元に笑いを浮かべた。一太は食べかけのうまい棒を無理やり口の中に押し込むと、こちらに近づいてきた。

「ありがとうよ」

子供が好きなのか、小池は優しい声でそう言うと、一太の肩に手をかけ、それを頼りに勢いをつけて一気に立ち上がろうとした。

「痛っ」

大柄な小池が思っていた以上に重かったのか、一太が声を出した。

「子供相手に何をやってるんだ！」

鋭い嗄《しゃが》れ声が聞こえた。

一太と一緒に、小池が立ち上がるのを補助していた僕は、そちらを振り返る。

ついさっきまで、気持ち良さげに詩吟を披露していた有村が、ステッキで体を支えるようにして、そこに立っていた。

「何もしてねえよ」

睨みを利かせ、小池が有村に向かって言う。

「本当だよ！　ちょっと重かったからびっくりしただけ」

慌てて一太が、小池を庇《かば》うように声を上げた。

「一太くん、離れた方がいい。そいつはとんでもない悪党なんだ」

忠告するような有村の真剣な口調に、一太がやや不安そうな顔をして小池の顔を見る。

「お前、まさか……」

小池が動揺したような表情を浮かべた。

「最近、団地の中でも見かけないと思っていたら、とうとう車椅子生活か。女房と子供はどうした。愛想を尽かされたか」

見下すような口調で有村が言う。

「だったらどうだっていうんだ」

「若い頃にやっていた悪事のツケが回ってきたんだ。因果応報だ。ざまあみろ」

有村がそう言った時、小池は口の端を歪《ゆが》め、物凄《ものすご》い笑みを浮かべて舌なめずりした。

小池は元から口も悪いし、怖くて頑固《がんこ》な雰囲気のある老人だったが、その笑みはまるで別人に見えた。

邪悪というのだろうか、人の一人や二人、殺したことがあると言われても頷いてしまいそうな笑みだ。

一方的に悪態をついていた有村も青ざめて一歩下がり、小池を庇っていた一太までが、思わずびくりと震えたくらいだった。

「素人が調子に乗るな。それ以上言ってみろ。首の骨、へし折ってやるぞ」

「まあまあまあ、二人とも、喧嘩《けんか》せずに仲良くやりましょうよ」

我ながら間の抜けた声を出し、僕は二人の間に割って入った。

放っておいたらステッキと松葉杖でしばき合いでも始めそうな雰囲気だった。老人というのはもっと賢明で、おとなしいものだと思っていたが、それは若い者の勝手な思い込みらしい。

有村は、ふん、と不愉快そうに鼻を鳴らし、奥に引っ込んだ。

松葉杖を頼りに小池が部屋に入ろうとする。床に落ちたブランケットを、一太がさっと拾い上げ、簡単に畳んで車椅子の上に載せた。

やり取りを聞いていたのか、畳敷きの和室に戻ると、空気は緊張していた。

集まっている十名ばかりの老人と、数名の小学生たちが、入口に立つ小池の様子を固《かた》唾《ず》を呑《の》んで窺《うかが》っている。

「えーと、小池さんは、お茶とジュース、どっちがいいですか?」

場を取り繕うために、無理に笑顔をつくりながら僕は言う。

「酒はないのか」

「え? ええ、まだお昼ですし……」

「いい大人が集まって、まるでおままごとだな」

小池は舌打ちすると、着ている服の裾をまくり、腹巻きの間から剝《む》き出しの一万円札を二枚、取り出して僕に突きつけた。

「お前、これで酒とつまみを買ってこい。ここにいる全員分だ。俺用は、なるべく強い洋酒を頼む」

「でも、公民館は一応、飲酒禁止になっていて……」

「あんた、糖尿だろうが」

部屋の隅で腕組みして見ていた有村が、忠告するように言う。

小池はそちらをひと睨みしたが、先ほどのように言い返すことはせず、後は会が終わるまでずっと、なまはげのような表情で、誰とも話もせずに座っていた。

3

懸念《けねん》していたとおり、次の交流会は、集まる人が減っていた。

来てくれたのは、老人は有村を含めて三人ほどで、子供は一太だけだった。

その一太も、友だちが一緒にサッカーをやろうと公民館に誘いに来ると、今日はごめんなさいと言って去って行った。

「あの小池さんという人は、どういう方なんですか」

僕がそう問うと、有村は不愉快そうな表情を浮かべた。

「そんなこと本人に聞けばいいじゃないか」

にべもない。

「糖尿病なんですよね？」

その日、公民館に来ていた他の老人の話も総合すると、小池は十五年ほど前に、奥さんや子供と一緒に、この団地に引っ越してきたという。

当時からすでに、糖尿病性腎症を患《わずら》っていて人工透析《じんこうとうせき》を受けており、それで簡単に入居の審査と抽選に通ったらしい。サングラスを掛けているのも、他人を威嚇《いかく》するのが目的というわけではなく、糖尿病が元で目を患っており、遮光《しゃこう》のために着けているらしかった。

引っ越してきたばかりの頃は、まだ車椅子ではなかったようで、健康のために団地内を散歩したりすることもあったようだ。

だが、奥さんと子供がいつの間にか出て行き、一人になってからは、殆ど近隣の人の前には姿を現さなくなったという。

「有村さんは、小池さんと昔、何かあったんですか？」

少々突っ込んだ質問だとは思ったが、先日の様子といい、小池について妙に詳しいところといい、そうとしか思えなかった。

「冗談じゃない。あんなのとは関わり合いを持ちたくないよ」

だが、有村は苦笑を浮かべてそう答えた。

有村の方は、二人いた息子さんも独立し、今は奥さんと二人で暮らしている。独居老人と同様、この団地にはいくつもある、高齢者だけの世帯だ。

何やら妙な感じもしたが、知りたければ本人に聞けという有村の意見ももっともだと思い、小池が顔を出すのを待っていたが、その日はとうとう姿を現さなかった。

ひょんなことから、僕がまた小池と顔を合わせることになったのは、それからひと月ほど経《た》ってからだった。

春の自治会総会も終わり、僕以外の全役員と、各棟の班長が一新された翌週、新会長となった遠野《とおの》から、僕の携帯に電話が掛かってきたのだ。

「甲田くん、助けてくれよ」

声音は、すっかり弱っていた。

昨年、遠野のところに来ていたお孫さんが、団地の近くにある『不知森《しらずもり》』という神社の鎮守《ちんじゅ》の森で行方不明になる事件があった。

その際に、自治会でも捜索《そうさく》に協力したのだが、お世話になった恩返しに、今年は是非、役員を引き受けたいと、遠野が自ら立候補してくれたのだ。

「とにかく、私の住んでいる棟まで来てくれないか」

どういう事情かよくわからないが、何か遠野では手に負えないことが起こったらしい。

「ちょっと出てくるよ」

台所で、夫婦揃《そろ》って仲良くちまきを頬《ほお》ばっている父と母にそう声を掛けると、僕は上着を引っかけて部屋の外に出た。遠野が住んでいる棟までは、歩いて十分も掛からない。せかせかとした足取りで辿《たど》り着くと、遠野の部屋のチャイムを押した。待ち受けていたのか、インターホンでのやり取りもなしに、いきなり玄関のドアが開いた。

「自治会にお客さんなんだけど、頼むよ」

「はあ……」

僕は生返事をする。会長に就任したばかりの遠野ではわからないことがあり、僕を呼んだのだろうか。

促されるままに奥に入ると、生活感の漂う狭い団地の居間には似つかわしくない、ダブルのスーツ姿をした黒人男性が座っていた。

二人掛けのソファを殆ど一人で占領するような巨漢だった。髪の毛と髭《ひげ》は白く、かなりの年齢のようだ。

その傍《かたわ》らに、もう一人いた。ダイニング用のチェアに腰掛けたそちらの男は、黒人男性とは対照的に、華奢《きゃしゃ》で神経質そうな雰囲気をしている。たぶん日本人だろう。スーツは着ていないが、高価そうなハイネックのセーターに、濃い緑色のジャケットを羽織っている。

「あの……」

どういう状況なのかわからず、僕が困惑していると、早速、ハイネックの男が名刺入れを取り出した。

「佐伯《さえき》と申します」

渡された名刺には、画廊と思われる店の名前と、チーフマネージャーの肩書きが刷られている。

「自治会副会長の甲田くんです」

遠野が僕を紹介する。

「えーと、すみません。僕は名刺は……」

自治会副会長の名刺などないし、アルバイトなので仕事の名刺も持っていない。

「いえ、結構。お気になさらずに」

佐伯が言う。何となく僕は、まともな社会人ではないと見下されているのではないかと卑屈《ひくつ》な気持ちになる。

「こちらにいるジェームズ・ゴードン氏が、この団地に住む『ミフネ』という人物と会いたがっていますす」

「すると、美術展の案内を送っていただいた……」

二、三か月前にあった、旧自治会でのやり取りを僕は思い出した。

佐伯がほっとした様子で頷く。あの封書を受け取ったのは鶴田だから、遠野が相手では話が通じなくて困っていたに違いない。

「私は、日本でのゴードン氏の窓口というか、エージェント業務を請け負っています」

佐伯のその言葉に僕が頷いた時、ゴードンがソファから立ち上がった。団地の低い天井に頭が届かんばかりである。まるで熊と対峙《たいじ》しているかのような迫力だ。

挨拶のためにゴードンが差し出してきた手を僕は握った。ゴードンの手は、まるで野球のグローブにでも包まれているかのような感触と大きさだった。

遠野がそそくさと居間から出て行ってしまったので、英語はまったくダメな僕と、日本語はわからないというゴードン氏の代わりに、佐伯の通訳で事情を聞くことになった。

詳しいことは話せないが、ミフネという人物はゴードンの恩人であり、過去、カナダのカルガリー地区や、テキサス州のダラスなどに住んでいたという。

ゴードン自身も、二十年以上前に何度か日本に来たことがあり、その際にも世話になったらしい。

ミフネ氏の年齢は現在、七十代半ば。妻子がいて、一緒にこちらに住んでいる筈だとのことだった。

僕は困ってしまった。

このマンモス団地は、全部で三千世帯近くあり、七十歳以上の老人を抱える世帯に絞り込んでも、まだ五百世帯以上の候補があるだろう。

「他に何か特徴はないんですか。どんな些細《ささい》なことでもいいんですが……」

ゴードンが言う、『ミフネ』という名字の世帯は存在しないということを伝え、僕はそう言った。

考える素振りを見せてから、ゴードンは二言三言、傍らにいる佐伯に伝える。

「ミフネ氏は糖尿病を患っているそうです。それから、若い頃は髪の毛を金髪に染めていたそうで……」

小池の顔が頭に思い浮かんだ。

僕の表情の変化に目ざとく気がつき、ゴードンが英語で何か僕に質問を浴びせかけてくる。

「何となく、この人かなっていう人はいますけど、名前はミフネではなく小池さんといって、独り暮らしの方なんですが……」

佐伯が素早く通訳すると、頷いてゴードンは立ち上がった。

「会ってみたいと言っています」

「じゃあ案内しますが、違っていても勘弁してくださいよ」

そう言って僕も立ち上がり、不安そうな顔で見送る遠野を後にして、部屋を出た。

二人を引き連れて団地の中を歩いて行くと、ちょうど小学校の下校時間に差し掛かったのか、ランドセルを背に歩いてくる子供の集団に行き合った。

熊かゴリラのようなゴードンの巨体を見て、目を丸くする子供たちに、ふざけてゴードンが両手を鉤爪《かぎづめ》のように開き、獣《けもの》のような声を上げる。面白がった小学生が、キャーキャー声を上げながら、何人も背後を付いてくる。意外と無邪気なゴードンの様子に、佐伯は苦笑を浮かべている。

小池の住む棟に着くと、僕はエレベーターのボタンを押した。古い団地なので、どの棟も最初はエレベーターはついていなかったのだが、数年前にバリアフリー化が施され、外付けで設置されたのだ。

ゴードンが一人で三人分くらいのスペースを取るので、窮屈《きゅうくつ》な思いをしながら上階に辿り着くと、僕は小池の部屋のチャイムを押した。

透析で留守にしている時を除けば、殆ど家にいる筈だが、何度か押しても反応はなかった。諦《あきら》めかけた頃に、面倒くさそうな小池の声が、インターホンのスピーカー越しに聞こえてきた。

「何度も鳴らさなくてもわかる。誰だ」

「えーと、すみません。自治会の甲田ですけど……」

「またお前か。交流会ならもう行かないぞ」

「いえ、今日はその件じゃなくて……。良かったら、ドアを開けてもらえませんか」

僕がそう言うと、インターホンが切れ、内鍵を開く音が、がちゃがちゃと聞こえてきた。

「まったく、いつからこんなに自治会はお節介になったんだ……」

文句を言いながらドアを開いた小池が、凍《こお》り付いたように言葉を失った。

「ミフネ……」

僕の背後に立っているゴードンが、震えるような声で呟《つぶや》いた。

再会を喜ぶような、嬉《うれ》しそうな調子ではない。

振り向いてゴードンを見ると、ショックを受けたような表情であんぐりと口を開き、電動車椅子に乗った小池を見下ろしている。

衝撃を受けたように固まっていた小池が、突然、ゴードンに向かって英語で罵声《ばせい》らしきものを上げた。

ゴードンの方がおろおろとした表情を見せ、何か小池に向かって英語で返す。

最初はそんな感じだったが、小池が放った言葉のどれかにカチンと来たのか、やがてゴードンの方の語気も荒くなり、ヒートアップしてきた。

半開きのスチールドアのノブを摑《つか》んで必死になって閉めようとする小池と、ドアの隙《すき》間《ま》を無理やりこじ開けて中に入り込もうとするゴードン。その間に割って入り、押し潰《つぶ》されそうになっている僕を、困った顔で見ている佐伯。

騒ぎに気がついて、隣の部屋に住む主婦が様子を見に出てきたが、その異常な光景を見て、すぐに引っ込んでしまった。

「二人きりで話をさせてくれとゴードン氏は言っています」

まるで実況中継でもするかのような口調で佐伯が言う。

「お願いだから二人きりにしないでくれ、頼む」

ゴードンと英語で罵《のの》り合いをしていた小池が、僕に向かって懇願《こんがん》するように言った。

「落ち着いてください！」

僕は渾身《こんしん》の力を込めてゴードンを外廊下に押し返す。

その隙に、小池はドアを閉めてしまった。

「オー……」

途端にゴードンの体から力が抜け、僕に押されて一、二歩後退した。

突然の訪問で驚いているみたいだから、日を改めてくれと佐伯を通してゴードンに伝える。

来日中のスケジュールはびっしりで、今日しか時間がないんだとゴードンはごねたが、結局は諦めた。

ゴードンが捜《さが》していたミフネ氏とは、やはり小池のことだったらしい。

残念そうに肩を落とし、団地から去って行くゴードンを見送った後、僕はもう一度、小池の部屋を訪ね、玄関のチャイムを押してみたが、今度は完全に無視された。

4

恵比寿の駅に降りるのは、いつ以来か思い出せなかったが、記憶していたイメージとは、ずいぶんと変わっていた。

駅からスカイウォークを通り、表に出ると、正面には巨大なタワービルが建っており、レンガ調の色合いをした、洒落《しやれ》た建物が目を引いた。

ここ数年は団地の周辺から殆ど離れた覚えのない僕には、車や人通りが多いところにいるだけで何だか場違いな気がして、居心地が悪かった。

僕はチラシにある地図を頼りに歩き始めた。

自治会に届いていた美術展のチラシだ。昨日のことがどうしても気になり、いるかどうかはわからないが、ゴードン氏に会いに来たのだ。回覧で告知したにも拘わらず、問い合わせは一件もなくて、幸いに招待券は余っていた。

そもそも僕は、こういった美術展のようなものに足を運んだ経験がなかった。ゴードンに会えたとしても、声を掛けていいものなのかどうかもわからない。

近代的なデザインが施された、大きなビルの一階にあるギャラリーの入口は、人もまばらだったが、安っぽいジーンズにトレーナー姿なのは僕くらいだった。

展示されている油絵やリトグラフなどの作品も、どこが良いのかさっぱりわからず、それを悟られないよう、眉根《まゆね》を寄せて、じっくりと鑑賞しているふりをするのが精一杯だった。

ギャラリーを一周し、結局、ゴードンとは会えなかったと諦めて元の入口に戻ってきたところで、関係者と思《おぼ》しき人たちに囲まれて談笑しているゴードンの姿を見つけた。ゴードンだけ、頭ひとつ分背が高いので、とても目立つ。

声を掛けようかどうしようか迷いながら周辺をうろうろしていると、驚くことにゴードンの方から声を掛けてきた。

ゴードンを囲んでいた、パンツスーツ姿の白人女性や、背広姿の男たちが、一斉に僕の方を見て、訝《いぶか》しげな表情を浮かべる。

構わずゴードンは傍らの男性に二言三言、言伝《ことづて》らしきものをすると、普通の人の倍近い歩幅で近づいてきて、親しげに僕の背中を押し、ギャラリーの外へと誘い出した。

促されるまま、僕はゴードンと並んで歩いて行く。昨日は佐伯がいたから何とか意思の疎通もできたが、二人きりでは心許《こころもと》ない。

どういうわけかゴードンは上機嫌で、何やら鼻唄《はなうた》を歌っている。

ギャラリーの入っているビルを出て、半周して裏手に回ると、広い通り沿いにテーブルを出したオープンカフェに辿り着いた。

外は良い陽気だったが、午後遅くの中途半端な時間だったので、テラスのテーブルに座っている客は、小柄な老婆《ろうば》が一人だけだった。

大島紬《おおしまつむぎ》と思われる、地味で品の良い色合いの着物を着ており、肩に薄手のショールを掛けている。すっかり白くなっている髪の毛はきちんと纏《まと》められており、細面《ほそおもて》で、若い頃はきっと美人だったのだろうなと思わせる雰囲気があった。

無邪気な素振りでゴードンが両手を振ると、ティーカップを手にしていた老婆もこちらに気づいた。微笑を浮かべ、傍らにいる僕に向かって、首を傾《かし》げるように会釈《えしゃく》してくる。

ゴードンは構わず老婆と同じテーブルに着席し、僕にも座るように促した。

「堅苦しくて参るよ」

ネクタイを緩めながら、ゴードンが発した流暢《りゅうちょう》な日本語に、僕は目を丸くした。

「あの……こちらは……」

「俺のワイフだ」

ゴードンがそう言うと、老婆は再び会釈してきた。

「喜代子《きよこ》と申します」

「あっ、甲田といいます」

まさかゴードンの奥さんとは思いもよらず、僕は慌てた声を出した。

「彼はミフネが住んでいる……アパートメントの……」

「えーと、団地の自治会役員をしています」

団地とか自治会に当たる言葉が浮かばず困っている様子のゴードンに代わって、僕が説明する。

「うちの人が昨日はご迷惑をお掛けしたようで……」

喜代子が頭を下げようとする。

「いえ、そんな……。それよりも、ゴードンさん、日本語……」

「ああ、事情があってエージェントや関係者の前では、あまり喋《しゃべ》れないふりをしているんだ。ワイフとも人前ではイングリッシュだよ」

ゴードンは苦笑を浮かべる。

僕は混乱しそうになった。

小池といい、このゴードンといい、いったい何者なのだ。

「ミフネの様子は？」

「小池さんなら、あの後、もう一度、訪ねてみましたが、会ってもらえませんでした」

僕は少し遠慮がちにゴードンに問うてみた。

「その『ミフネ』っていうのは、何なんですか」

「ああ……」

喜代子と目を合わせ、ゴードンが口を開く。

「あいつの昔のリングネームだよ」

そう言うと、ゴードンは懐かしそうに目を細め、当時の思い出話を語り始めた。

5

「あの野郎、昨日の試合で俺が受け身を取りにくいように、わざと頭から落としやがった」

首筋を擦《さす》りながら、助手席のゴードンが言うと、ハンドルを握っているミフネが、トレードマークのサングラスの下で深く眉根を寄せた。

「危険すぎる。プロのやることじゃないな」

「南部じゃよくあるのさ。今日もプロモーターは俺たちの負けブックでって言ってるぜ」

前日はテキサス州ダラスのパブで試合があり、今日は隣町の小さなアリーナでタッグマッチに出場するスケジュールだった。

ミフネが以前に主戦場にしていたカナダのカルガリー地区ではさほどでもないが、アメリカでも南部に遠征してくると、東洋人や黒人は、あからさまに悪役《ヒール》の扱いになる。

「今日もマッチメークは同じ相手だったよな」

ミフネの言葉に、ゴードンは頷く。

「じゃあ、二人掛かりで場外でボコボコにして、反則負けになろうぜ。負け方まではオーダーされてないだろう？」

ハンドルを握るミフネが、白い歯を見せて笑う。

「オーケー。さすがはミフネだ」

「きっちり仕事してやろうぜ」

お互いの拳《こぶし》を合わせ、とうとう二人は堪《こら》えきれずに笑い出した。

それはもう四十年以上も昔の光景だった。

当時、小池は『グレート・ミフネ』を名乗り、ゴードンは『ブラック・サンダー』のリングネームを使っていた。

小池がリングネームに使っていた『ミフネ』とは、もちろん、海外でも名の知れていた俳優、三船敏郎《みふねとしろう》から取ったもので、サムライの生き残り、アメリカに復讐《ふくしゅう》に来た神風特攻隊員のようなギミックでリングに立っていたという。

一方のゴードンは、まだ駆け出しの新人《グリーンボーイ》だった。ハイスクール時代にはアメフトの選手として鳴らしていたが、地元のプロモーターにスカウトされて、小遣い稼ぎのアルバイト気分でリングに上がり始めた。本当はその頃から絵の勉強をしたかったが、金がなくて進学はままならなかったのだ。

ダラスのマットで知り合った二人は、キャリアでも年齢でも十年近い差があったが、どういうわけか気が合い、それからは小池の運転するボロボロのフォードで、呼ばれればどんな場所にでも行って試合をしたという。

「あの当時から、ミフネは病気に悩んでいたが、まさかあんなに悪くなっているとは思っていなかった」

ミフネこと小池との思い出を、目を細めて懐かしげに語っていたゴードンが、不意に真剣な表情になった。

病気とは、小池の持病である糖尿病のことだろう。

「当時から、小池さんは糖尿を患っていたんですか」

「他の連中には黙っていたが、俺には相談してくれていたよ」

最初、小池は新弟子として相撲《すもう》部屋に入り、力士を志していた。だが、そちらの方は十両止まりで、早々に髷《まげ》を切ってプロレスに転向したという。

相撲とプロレスでの二度に亘る無理な体作りで、暴飲暴食したのが糖尿になる原因の

ようだ。

現役時代は、絶対に人に知られないようにしていたが、ゴードンには打ち明けていた
一つになったらしい。

「小池さん、大酒飲みのようですしね」

公民館での小池の振るまいを思い出し、僕がそう言うと、ゴードンは呆《あき》れた顔をし、
それから笑い出した。

「ミフネはアルコールは弱いんだ。ほんのちょっと飲んだだけで真っ赤さ」

「でも……」

「相変わらずだな、あいつは。試合の後、一緒にバーに繰り出すと、ミフネはずっとジンジャーエールばかり飲んでいるんだが、他の客の『あいつ、今日の試合に出ていたミフネとかいうレスラーじゃないか』みたいな会話が聞こえてくると、マスターに店で一番強い酒を持って来させて、それをアイスペールに直接、どぼどぼと注いでロックで飲み始める。そういう時のミフネは、不思議に顔も赤くならないんだ。客は、やっぱりあいつはクレイジーだと言って恐れをなし、モーテルに戻ったら、気分の悪くなったミフネを俺がよく介抱したもんだ」

僕は頷く。そんなに酒に弱い小池が、無理に兄弟子や先輩たちに付き合って飲まされていたら、体を壊してもおかしくはない。

「ミフネさんは海外遠征時代も、帰国してからも悪役を貫いたから、きっとプロ意識が強すぎて、当時の癖が抜けないんでしょうね」

ゴードンの隣で、おとなしく話を聞いていた喜代子が口を開いた。

「ワイフとの出会いもミフネのお陰さ」

そう言ってゴードンは、喜代子の方を見て微笑《ほほえ》んだ。

「ミフネが日本に呼んでくれなかったら、キヨコとも出会えなかった」

海外での武者修行を終えた小池は、日本に凱旋《がいせん》帰国した後も、カルガリー仕込みのラフファイトを売りに、悪役レスラーを続けた。

ミフネは照れ屋だったから、とても善玉《ベビーフェイス》は務まらなかったんだろうと、ゴードンは笑いながら語った。

やがて日本での人気が安定してくると、ミフネはタッグパートナーとして、ブラック・サンダーことゴードンを海外から呼び寄せた。

当時はジャパン・マネーが強く、カナダやアメリカのローカル団体のマットに上がっていたレスラーたちにとっては、日本は稼ぎ場として憧れの場所だった。

「この人、リングではすごく怖かったんだから」

喜代子が瞼《まぶた》を閉じ、当時を思い出すように言う。

「どんなふうに二人は出会ったんですか」

端《はた》で見ていると、何だか和やかな気分にさせられる夫婦だったので、思わず僕は聞いてみた。

「ああ、最悪だよ」

「最悪だったわね」

ほぼ二人同時に答えた。

「場外乱闘の最中、客で観《み》に来ていた喜代子に、俺が怪我《けが》をさせたのさ」

パイプ椅子のなぎ倒された客席の真ん中で、ゴードンは拳に巻いたチェーンで試合相手の額の生え際を、何度も殴りつけていた。

その日、ゴードンは風邪気味で高熱が出ていた。

だが、プロとして試合を休むわけにはいかない。けして多くはないだろうが、客の中には、ブラック・サンダーの試合を観るために、高いチケットを買って来場した人もいるのだ。

熱があって体調が悪いのをミフネにだけ打ち明けると、試合は自分がリング上でコントロールするから、お前は観客サービスも兼ねて、自分のペースで場外で暴れていろ、と言ってくれた。

生え際を殴っていると、やがて皮膚が破れて血が流れ始めた。

出血させやすい場所というのがあって、相手もそれは承知している。額はカットしやすくて、顔じゅう血だらけになるから見た目は派手だが、試合が終われば絆創膏《ばんそうこう》一枚ですぐに手当てができる。

だが、その日のゴードンは、熱で頭が朦朧《もうろう》としており、足元も怪しかった。勢い余ったゴードンは、足を縺《もつ》れさせ、額を狙《ねら》っていたパンチがずれて、相手の鼻っ柱を思い切り殴りつけてしまった。

手元に、鼻の骨が折れる感触があった。

相手は顔を押さえてのたうちまわる。鼻を覆う手の指の間から、額からの出血とは比べものにならない量の血が溢《あふ》れ出した。

こちらを睨みつける相手の目に、暗い光が宿っているのを見て、ゴードンは狼狽《うろた》えた。額をカットするだけなら、お互いに暗黙の了解の範疇《はんちゅう》だが、これはまずい。

翌日まで持ち越すような怪我を相手にさせるのは、プロではない。サーキット中は、毎日試合があるのだ。

それでも試合中に怪我などのハプニングが起こることは避けられないが、悪いことにその試合相手とはゴードンは普段から控え室でも仲が悪く、その上、相手はゴードンの体調不良を知らなかった。

これでは「仕掛けた」と思われても仕方ない。

相手は怒りで完全に切れているようだった。床に散乱しているパイプ椅子の間から、客が落としたビニール傘を拾うと、ゴードンの顔を狙って、容赦《ようしゃ》なくその尖端《せんたん》を突き出してきた。

ゴードンはバックしてそれを避けながら、丸太のような腕でそれを横になぎ払ったが、そのままバランスを崩し、背後に並んでいるパイプ椅子をなぎ倒しながら、客席に倒れ込んだ。

耳元で女の悲鳴が聞こえた。

それが喜代子だった。椅子の上に置いてあったハンドバッグが引っ掛かって逃げ遅れ、巻き込まれたのだ。

その時、試合終了を告げるゴングが鳴った。リング上で、ミフネが相手チームの片割れをフォールで仕留めたのだ。

ゴードンが倒れ込んできた時に、その巨体の下敷きになり、喜代子は足を捻挫《ねんざ》し、体の何か所かに打撲を負った。

初めてプロレスを観に来ていた喜代子よりも、一緒に来ていた喜代子の兄の方が怒り狂っており、警察に訴えると息巻いていたが、それを宥《なだ》め、丸く収めたのがミフネこと小池だった。

サーキットが終わり、ゴードンが一時帰国した後も、ミフネはまめに喜代子の見舞いに赴き、喜代子の家族の怒りに対応した。

　リング上やテレビのプロレス中継では阿修羅《あしゅら》の如《ごと》き凄みを見せるグレート・ミフネの別人のような誠実さに、最初はミフネの本意を測りかねて恐れていた喜代子も次第に心を開き、やがてゴードンが来日する度《たび》に、三人で遊びや食事に出掛けたりする仲になった。

「あの時はミフネにめちゃくちゃ怒られたんだ。観客に怪我させるなんてプロとして最低だってな」

　注文したカプチーノが運ばれてくると、ゴードンはそれを指先で摘《つま》み上げ、啜《すす》るようにして飲み始めた。ゴードンが手にすると、コーヒーカップが、まるでお猪口《ちょこ》のように見える。

「プライベートのミフネさんが怒ったところなんて見たことないけど」

　首を傾げて喜代子は微笑んでみせる。

「普段のミフネを怒らせたら、リング上とは比べものにならないくらい怖いんだぜ」

　ゴードンは舌を出し、手を鉤爪状にして戯《おど》けてみせた。

「キヨコと結婚するってミフネに報告した時も、怒り出したらどうしようって思ったくらいさ。だが、ミフネは祝福してくれた。何で俺じゃなくてゴードンなんだって、すごく悔しがっていたな」

懐かしそうに目を細めるゴードンの横で、喜代子が恥ずかしげに顔を赤らめる。

「知り合いに頼んで、やっとミフネが今、どこに住んでいるか突き止めたんだ」

ゴードンは深く溜息をつくと、心から残念そうに呟いた。

「ゆっくりと話したかったなあ……ミフネと」


団地の最寄りの私鉄駅に着くと、もうすっかり日が暮れていた。

いつもなら、ここから団地行きのバスに乗り、二十分ほど揺られて家路につくのだが、何となく僕はバス乗り場には向かわず、歩き出した。

頭の中で、あれこれと考えが渦巻いていた。

想像していたのとはずいぶんと違っていたが、ゴードンから聞かされた小池の過去を思うと、何となく小池の心の内がわかるような気がした。

ゴードンの話によると、その後、小池は糖尿病を悪化させて神経障害や腎症を発症させ、現役を引退した。

それに伴ってゴードンも日本に呼ばれる機会は少なくなり、プロレス業界自体が下火になって、外国人レスラーが日本に呼ばれることも減った。それが二十年くらい前の話だ。

その後、ゴードンもレスラーを廃業し、貯めていた金を使って、ロンドンのセントラル・セント・マーチンズ美術学校に留学し、美術界で頭角を現した。

アメリカに戻り、安定した評価を受けるようになったゴードンだったが、エージェントからは、くれぐれも過去に『ブラック・サンダー』なるリングネームで悪役プロレスラーをやっていたことは隠すように言われているらしい。

ゴードン本人は構わないと思っているようだが、売り出しのイメージや、アワードの獲得などに悪い影響があるからという理由らしい。日本語があまり得意ではないふりをしているのも、日本に通じている理由や奥さんとの馴《な》れ初《そ》めなどを詳しく聞かれると、うっかりゴードンが喋ってしまうかもしれないというエージェントの判断によるもののようだった。

一方の小池は、今の姿をゴードンに見られるのが堪《た》えられなかったのではないだろうか。

ゴードンや喜代子の昔話に出てくる小池の過去は、プロレスにはまったく詳しくない僕にも、輝いて感じられた。

家族に捨てられ、健康的にも良好とはいえず、生活面でも豊かとは言いがたい今の姿を、かつての親友であるゴードンに見られるのは、小池にはつらいことだろう。ゴードンが芸術家として成功し、かつて小池も恋心を寄せていたらしい喜代子を幸せにしていることを知れば、ますます会いにくくなるかもしれない。

つい最近まで、小池の存在すら意識していなかった僕が、その過去に思いを馳《は》せ、同情を寄せるのは、お節介以外の何物でもないような気がしたが、何とか小池とゴードンを、きちんとした形で会わせてあげたい気がした。

ゴードンは、あと一週間ほどは滞在しているらしいが、次に日本に来られるのはいつかわからず、年齢的にも最後になるかもしれないと言っていた。

街灯の点《とも》る道を、一人でとぼとぼ歩いていると、不意に電柱に巻き付いた、段ボールに貼り付けられたポスターが目に入った。

今までも視界には入っていたのかもしれないが、プロレスに少しも興味がなかったから、気にも掛けなかった。

足を止めて、じっくりと眺める。団体の名前も聞いたことがなく、ポスターに写真と名前が掲載されている選手たちも、誰一人として名前どころか顔にも覚えがない。開催日は五日後で、会場は団地に隣接する市民体育館だった。体育館でこういう興行が行われていることすら、初めて知った。

団地内にあるスポーツ用品店が、チケットの取り扱い所になっていた。小学校の体操着や、少年野球やサッカーチームの備品なども取り扱っている店だ。団地内の店舗で営業しているので、自治会主催の神社のお祭りに、出店や協賛をお願いしに足を運んだことが何度かある。

　まだ開いている時間だろうと思い、僕はその店に足を向けた。

　プロレスがテレビのゴールデンタイムに中継されていた頃は、僕もたまに観ていたが、会場で生の試合を観戦したことはない。近所なら、ちょっと行ってみようかと、何となく思ったのだ。

6

「お客さん、あまり入ってないですね」

　僕がそう言うと、傍らに立っているゴードンが、会場を見回しながら軽く口笛を鳴らした。

「俺とミフネは、これよりずっと少ない客の前でもやったことがあるぜ」

「この人、昨日からずっと楽しみにしていたんですよ」

　ゴードンの傍らでは、相変わらず上品な和服姿をした喜代子が微笑んでいる。

　市民体育館の中央にはリングが組まれ、もう前座の試合が始まっていた。

　リングサイドから十数列、パイプ椅子が並べられているが、客入りは三分の一くらいだった。たぶん、百数十名といったところだろう。

リング上の選手がマットで受け身を取る度に、その音が体育館全体に鳴り響き、まばらな拍手が起こる。

何というか、僕が想像していたのと少し違っていた。テレビ中継でしかプロレスを観たことがなかったので、お客さんも鈴生《すずな》りで、熱気溢れる会場を想像していたのだ。

数日前、駅からの帰りがけに、この興行のチケットを買うために、僕は団地内のスポーツ用品店に立ち寄った。

店主は僕のことを覚えていて、チケットの売り上げが芳《かんば》しくないから、団地内で興行のチラシを回覧してくれるなら、招待券を何枚か出すと言ってくれた。

何だか職権乱用のような気もしたが、もう自治会の副会長を四年も務めているのだから、このくらいの役得はいいだろう。そう勝手に判断し、招待券を十枚ほどもらって、回覧を請け負った。

僕はその足で、小池の住む棟に向かった。

玄関のチャイムを鳴らすと、今度はあっさりとドアを開いてくれた。

「今日、ゴードンさんに会っていろいろと聞いてきました」

そう言うと、小池は狼狽えた表情を見せた。

「近所で興行があるみたいですよ。一緒にどうですか？」

もらってきたプロレス興行のチラシを渡すと、小池は、一度は受け取ったが、少しだけそれを見つめると、迷惑そうに突き返してきた。

「俺はもう、最近のプロレスは観ないんだ。芸能人やら何やらをリングに上げるようになったら、もうおしまいだよ」

「でも、そういうテレビでやっているような大きな団体じゃなくて、ローカルな団体みたいですよ。ほら、小池さんが昔、ゴードンさんと一緒に、アメリカとかで回っていたような……」

「わかったような口を利くなよ。もうたくさんだ」

小池はドアを閉めようとしたが、僕は無理やりチラシと招待券を押し付けながら言う。

「ゴードンさんも誘ってみます。それから喜代子さんも……」

「喜代子が来ているのか」

一瞬、小池は戸惑ったような表情を見せたが、そのままドアを閉ざしてしまった。

「まだ小池さんは来てないみたいですね……」

僕は会場を眺め渡しながら、傍らに座っているゴードンに言った。

「そのうち来るさ」

ビール片手に、ゴードンは暢気《のんき》な口調で答える。

喜代子の話だと、今日は都知事との会食が予定されていたが、それをすっぽかしてこちらに来たのだという。僕のお節介のために、何だかとんでもない迷惑を掛けたのかもしれないと思うと、身が縮まる思いだった。

ゴードンも、プロレスの観戦は現役を退いて以来、およそ二十年ぶりくらいだと言っていた。テレビなどでも、なるべく観ないようにしていたというが、それなりに楽しんでいるようで、リング上で技が決まる度に奇声を上げたり、英語で何か野次を飛ばしたりしている。体も大きいせいで、むしろリング上の選手よりも目立っているくらいだった。

前座の試合が終わり、興行が後半に差し掛かっても、客足はあまり伸びなかったが、さすがに会場内は徐々に熱を帯び始めてきた。

客が少ないことが、却《かえ》って選手を奮い立たせているのか、盛り上げようという熱意と必死さが伝わってくる。

セミファイナルになると、それまで煌々《こうこう》と会場全体を照らしていた水銀灯の明かりが落とされ、リング上を照らすライトだけになり、ぐっと雰囲気が引き締まった。

「グッド・レスラーの条件って何だと思う？」

不意にゴードンが、笑いながら僕に話し掛けてきた。

急にそんなことを言われても困ってしまう。プロレスのことなどよくわからないし、生観戦するのだって今日が初めてなのだ。

「えーと、強さですか」

僕の言葉にゴードンが首を横に振る。

「じゃあ、テクニックとか、クレバーさとか、人気とか……」

いずれにもゴードンは「ノー」と呟き、小さく首を横に振る。

「必要なのは、人に見せるべき『何か』を内に秘めているかどうかさ」

ゴードンは手に持っているビールを飲み干すと紙コップを握り潰し、困惑する僕に向かってそう言った。

「プロレスに限ったことじゃない。物語を綴《つづ》るのでも、絵を描くのでもいい。表現を生業《なりわい》にする人間に必要なのは、ただそれだけだ。昔、ミフネに教えてもらったんだ。今も俺は、その言葉を大事にして忘れないようにしている」

そう言うと、ゴードンは僕の背中を、力強く、どんと叩《たた》いた。

「主役が来たぜ」

ゴードンに促されてそちらを見ると、電動車椅子のレバーを操作しながら、小池が会場に入って来るところだった。

小池を迎えようとして僕が立ち上がった時、不意に大きな物音がした。

そちらを振り向くと、先ほどまでリング上で闘っていたレスラーが、場外乱闘を始めたところだった。

客席のパイプ椅子をなぎ倒しながら近づいてくる。

僕は驚いて、他の客たちと一緒に逃げ出した。

ドレッドヘアーに、肩にバラの蔓《つる》のような刺青《タトゥー》を入れた、悪役風のレスラーが、次から次へとパイプ椅子を拾っては、怒号とともに覆面をつけた相手レスラーに投げつけている。

その一つが覆面レスラーの胸元に強《した》かに当たり、勢いよく周りのパイプ椅子をなぎ倒しながら倒れた。

そして、覆面レスラーは小池の電動車椅子にぶつかって止まった。

小池は必死に車椅子のレバーを操作して動かそうとしているが、周囲に散乱したパイプ椅子が邪魔をして、上手《うま》く方向転換できないようだった。

間の悪いことに、ドレッドの方は次のパイプ椅子を振り上げてしまっていた。

そのまま投げつけたり振り下ろしたりすれば、お客さん、しかも障害者であることが一目瞭然の小池に当たってしまうかもしれない。

車椅子の前に倒れている覆面レスラーが起き上がる様子はなく、ドレッドは機転も利かずに、どうして良いかわからないのか、パイプ椅子を振り上げたまま、迷いの表情を浮かべて視線を泳がせた。

「ミフネ！」

ゴードンの声がして、僕はそちらを見た。

試合をしているレスラーたちよりも、ひと回り体の大きなゴードンが、上着を脱ぎ捨てながらこちらに迫ってくるところだった。

僕は小池の方を振り向く。

何だか時間がスローモーションで流れているような錯覚を僕は覚えた。

パイプ椅子を振り上げたドレッドのレスラーと至近距離で対峙している小池が、ゆっくりとサングラスを外し、手にしているペットボトルのお茶を口に含むと、ドレッドの顔に向かって、霧状にして吹き付けた。

周囲でこの様子を息を呑んで見守っていた客たちの半分が歓声を上げ、半分が笑い声を上げた。

リアクションを取るきっかけを得て、ドレッドはパイプ椅子を取り落として顔を掻《か》き毟《むし》った。倒れていた覆面レスラーが起き上がり、相手のドレッドヘアーを摑《つか》んで、小池から引き離すようにリングに向かって引き摺《ず》って行った。

小池は、いや、グレート・ミフネは、やれやれといった様子でペットボトルのキャップを戻している。

「……あれじゃ駄目だな。場外乱闘をする時は、客を巻き込まないように注意しないと」

上着を脱いで、すっかり臨戦態勢に入っていたゴードンが、笑い声を上げながら小池に声を掛けた。

「逃げ遅れた俺が悪いんだ。タイミングが悪くて引っ込みがつかないようだったから、笑いにして流れを変えてやったのさ」

小池が苦笑を浮かべて顔を上げた。

「今度こそ、本当にお久しぶりです」

そう言ってゴードンは、小池の手を、自らのグローブのように大きな両手で、しっかりと包み込むように握った。

「……とても会いたかった」

その時、ゴングが鳴った。どうやらリング上で、試合の決着がついたようだった。

ゴードンが小池の車椅子に手を添え、僕と喜代子がその左右について市民体育館の外に出ると、もうすっかり夜も更《ふ》けていた。

三々五々出てきた客たちが帰途につく中、ゴードンと喜代子を送っていくため、僕たちも同じ流れに乗って歩き出したが、月明かりの下、体育館の駐車場に、立ちはだかるようにして杖を手に立っている人の姿があった。

それは、眉間《みけん》に皺《しわ》を寄せ、険しい表情を浮かべた有村だった。

そういえば、団地内でプロレス興行のチラシを回覧した際、一件だけ会長の遠野のところに問い合わせがあったと聞いていた。招待券が余っていたので差し上げたのだが、有村だったのか。

「まだブラック・サンダーとつるんでいたのか！　この悪党どもめ！」

有村はいきなりそう叫ぶと、手にしている杖を、真《ま》っ直《す》ぐに小池に向かって突きつけた。

「お前がグレート・ミフネだってことは、この団地に引っ越してきた時からお見通しなんだ。お前が今、そんな惨《みじ》めな姿で暮らしているのは因果応報だ。ざまあみろ！」

言いたいことだけ一方的に捲《まく》し立てると、有村はくるりと背を向け、怒りの足取りで去って行った。

「誰？」

ぽかんとした表情でゴードンが小池に問う。

「きっと昔、会場やテレビで俺やお前の試合を観ていたんだろう」

小池は苦笑を浮かべる。

「昔のファンは、ああいう素直な人が多かったから……」

いきなり罵倒《ばとう》された小池やゴードンを気遣うような口調で、喜代子が言う。

僕も心配になって小池に言った。

「誤解しているんですよ。今度、僕が交流会の時に言っておきます」

「余計なことをするんじゃねえよ」

そう言って小池は穏やかな表情で瞼を閉じた。

「レスラー冥利《みょうり》さ。そうだろ？」

心から嬉しそうにそう呟いた小池に、ゴードンが静かに笑いながら深く頷いた。

7

小池が腎不全でこの世を去ったのは、ゴードンが帰国して二か月ほど経った頃だった。

通夜はとても寂しくて、喪主《もしゅ》となった、離れて暮らしていた小池の息子さん以外に、弔問《ちょうもん》客は自治会代表として訪れた僕と、そして有村だけだった。

祭壇に飾られた遺影で、僕は初めて、現役時代のグレート・ミフネの姿を見た。上半身裸でこちらに向かって構え、不敵な笑みを浮かべて舌なめずりしているその表情は、一度だけ交流会に姿を現し、有村を恫喝《どうかつ》した時に見せたものだった。

そういえば、あの時、有村に向かって小池は、「お前、まさか……」と呟いていた。

有村がレスラー時代の自分を知っていると察したのだろう。

それでスイッチが入ってしまい、ゴードンが言っていたように、ファンのイメージする悪役、グレート・ミフネ像を演じていたのだ。

有村は数珠《じゅず》を持った手を摺り合わせ「罰が当たったんだ」「ざまあみろ」と、頻りに呟きながら涙を流し、現役時代のミフネが、ブラック・サンダーと組んでどんな悪事を働いたかを、何時間にも亘って微に入り細をうがち、僕と息子さんに向かって語り続けた。

自治会が主催する交流会には、再び老人や子供たちが集まってくるようになった。

小池さんが、独りで誰にも知られず死んで行くことにならず、本当に良かったと僕は思う。

老人と子供が将棋を指し、携帯ゲーム機で対戦したり、お菓子やジュースを口にしながらお喋りをしているのを背後に聞きながら、僕は公民館の部屋に飾られている絵を見上げた。

小池は簡単な遺言を残していたらしく、これを僕に譲ると書かれていたらしい。

もらうわけにはいかないと最初は固辞したが、どうしてもと小池の息子さんに言われ、困った末に、小池が参加したくてうまくいかなかったこの交流会が行われる部屋に飾ることにしたのだ。

それは、ゴードンから小池に贈られた水彩画だった。

抽象的な絵柄で、まるで古代ギリシャのパンクラチオンの闘士のような人物が描かれているが、金色の髪に、舌なめずりするような表情は、明らかにグレート・ミフネこと小池をモデルにしたものだとわかる。

絵の隅には、ジェームズ・ゴードンのサインとともに、題名と思われるものが走り書きされていた。

――『悪名高き老人《ノートリアス・オールドマン》』と。

一人ぼっちの王国

1

プリントアウトした紙を紐《ひも》で綴《と》じ、部屋の壁に掛けられた時計を見ると、もう時刻は午後四時半を回っていた。

やばい。間に合わない。

私は大慌てで角形2号の封筒に原稿と必要書類を入れると、宛先が間違っていないか、五回くらい確かめた。

封を糊付《のりづ》けすると、部屋のドアを開く。

「麻美《あさみ》、夕ごはんは？」

台所の方からお母さんの声が聞こえてくる。

「食べる！　あと、今急いでるから」

そう言って私は玄関を飛び出した。

団地の棟の前にある自転車置き場から、通学用のタウンサイクルを引っ張り出すと、私は物凄《ものすご》い勢いで立ち漕《こ》ぎを始めた。

マンモス団地の中央に郵便局がある。窓口は五時までやっている筈《はず》だ。まだ間に合う。本当は昨日の夜のうちに、あとは出すだけというところまで準備しておくつもりだった。

ところが、うちの馬鹿兄貴が、バイトから帰ってくるなり隣の部屋で大鼾《おおいびき》を掻《か》いて寝始め、それがうるさくてすっかりペースを崩されてしまった。

すぐに書き終わる筈だった梗概《こうがい》に何時間もかかってしまい、結局、眠気を堪《こら》えられず私も寝てしまった。

学校から帰ってくるとすぐにプリントアウトを始めたが、こういう時に限ってインクが切れたり、ドライバーの不具合が起こったりする。

プリンターに踵落《かかとお》としを叩《たた》き込みたいような苛々《いらいら》した気分を抑えながら、何とかぎりぎり、郵便局が開いている時間に準備が整った。締め切りは今日の当日消印までだ。

今年のお正月から書き始めた三百枚ほどの長編小説を、春休みに入ってやっと完成させた。

小学生の頃から、ずっと小説家になりたいと憧れていたが、作品を最後まできちんと書き上げたのは、これが初めてだった。

純文学ともエンターテインメントともつかない微妙な内容のそれを、私は迷った末に、中間小説誌である『小説シリウス』の新人賞に送ることにした。自分ではよく書けていると思うのだが、もしかすると、賞に作品を送る全員がそう思っているのかもしれない。

着替える時間も惜しくて作業を始めたから、私は制服のままだった。郵便局の駐輪場に勢いよく滑り込むと、私は原稿の入った封筒を胸に、小走りに局内に入った。

終業時間の間際だからか、割合に混んでいる。

貯金や保険の窓口はもう閉まっていて、一つしかない郵便の窓口には数人が並んでいた。壁の時計を見ると四時四十五分。間に合うのか。

「あの、これ、郵送でお願いします」

じりじりとした気分で待っている間にも、私の後ろに新たに三人ほどが並んだ。

やっと順番が回ってきて、原稿の入った封筒を差し出すと、窓口にいた初老の郵便局員は、ゆっくりとした動作でそれを受け取った。

そして、まじまじと封筒の宛名を見る。

表には、『小説シリウス新人賞係御中』と、油性マジックで無駄に大きな字で書かれており、更に赤マジックで堂々と『応募原稿在中』と書いていた。宛名を書いている時には何も考えていなかったが、人に「小説を書いている」ということを知られるのが、こんなに恥ずかしいとは思わなかった。

そわそわと落ち着かない気持ちで私は待つ。

初老の郵便局員は、封筒を裏返すと、今度は差出人である私の名前と住所を確認し始めた。

そこに書かれた、「猪俣《いのまた》麻美」という文字と、窓口に突っ立っている私の顔を、何度も見比べている。

「これ、中身は小説?」

もう一度、宛名を確認し、郵便局員はこちらを見上げて言った。

「えっ、あっ、はい」

びっくりして変な声が出た。

「すごいね。君みたいな若い子が、小説なんて書くのか」

郵便局員の声は、大きくはなかったが、さして広くもない局内によく響いた。

私は顔から火が出そうだった。中身など何だっていいじゃないか。早くしろよ、もう。

「この重さだと、定形外郵便よりも、ゆうメールかレターパックにした方が安いかもしれないよ」

「いえ、普通でいいです……」

親切心で言ってくれているのかもしれないが、値段が百円とか二百円安くなるとか、本当にどうでもいい。

「だが、大事な原稿なんだろう? 郵送にするなら簡易書留にした方がいいと思うんだが……」

私のところで窓口がつかえてしまい、何だか居たたまれなくなってきた。

後ろの方で小包を抱えている人が、たまたまなのかわざとなのか、咳《せき》払いをする。

「すみません。本当に普通の定形外郵便でいいので……」

「でもなあ……」

どういうわけか、その初老の郵便局員は、秤《はかり》に封筒を載せて重さを量り、郵便料金を請求するという簡単なことをやってくれず、何だか私は嫌がらせを受けているような気持ちになってきた。

「この宛名なんだけど、郵便番号間違ってるんじゃない？」

「え……でも」

「ああ、出版社だから事業所個別番号なのかな。ちょっと待ってて。今、調べてみるから……」

「もういいです！」

私は窓口の向こうに手を伸ばし、郵便局員が持っている封筒を、引ったくるように奪い返した。

「あっ……」

初老の郵便局員が大きな声を上げた。

窓口の向こうにいる他の職員や、局内にいる客、すぐ横のATMに並んでいる人たちなどが、一斉に私の方を見た。

誰かが呼び止めようとする声が聞こえたが、私は足を止めず、原稿の入った封筒を胸に抱いたまま、泣きそうな気分で郵便局を出た。

自転車に乗り、大急ぎで自分の家のある棟へと戻る。

途中で、五時を告げる「エーデルワイス」のメロディが、団地のスピーカーから聞こえてきた。

「ただいま」

私が玄関を開くと、奥からお母さんの声が聞こえてきた。

「あら、早いわね。もうごはんできるわよ」

「うん……」

返事をして、私は自分の部屋に入る。

多めに切手を貼ってポストに投函するか、まだ窓口受付をしている大きな局まで行けば間に合うのかもしれないが、私はすっかり意気消沈していた。

さっきまでは、とにかく急がなきゃと思って深く考えている暇もなかったが、よくよく考えると、私みたいな高校生が、初めて書いた小説なんて、一次選考も通らないに違いないという気になってきた。

それでもまだ少し迷っていたが、ごはんごはんと急《せ》かすお母さんに合わせて、私は机の抽斗《ひきだし》の奥に、そっと原稿の入った封筒を仕舞った。

「今日さあ、すっごく気持ち悪い現場だったんだよ」

お母さん特製のカレーライスをお代わりしながら、兄貴がそんなことを言い出したのは、新学期に入って二週間ほど経《た》った頃だった。

「何よそれ。ごはん食べながら聞いてもオーケーな話?」

お母さんが、ごはんをよそってルーをかけた皿を兄貴に渡しながら言う。お父さんは残業で、今日も三人での夕食だった。

「ああ、そっち系統じゃないから。西4号棟の五〇一号室って、どんな人が住んでいたか、母さんか麻美、知らない?」

「知るわけないじゃない、他の棟に住んでいる人なんて」

お母さんが答える。私は正直、兄貴の話など、どうでもよかった。

兄貴は今年の春で大学二年生になった。つい一か月ほど前から、引っ越し屋のバイトを始めたばかりだ。車の免許を取るための資金が欲しいらしい。

「引っ越しじゃなくて、団地の部屋を解約するから荷物を全部処分して欲しいっていう依頼だったんだけど、奥の部屋が書斎みたいになっていて……」

カレーライスを掻き込みながら兄貴が言う。本当に、食べるか喋《しゃべ》るか、どちらかにして欲しい。

「でっかい机の真ん中に、今どき見かけないような……ワープロ専用機っていうの？　そういうのが置いてあって、何か小説みたいな原稿が大量に出てきたんだよ」

「別に大した話じゃないじゃん」

口の中に食べ物を溜《た》めながら喋る兄貴が鬱陶《うっとう》しくて、わざと私は突き放した言い方をする。

「いや、量が尋常じゃないんだって。ワープロで清書されたのもあったけど、殆《ほとん》どが四百字詰めの原稿用紙に書かれた肉筆原稿で、何万枚もあるんだよ。他にも、下手《へた》くそな挿絵《さしえ》みたいなのもたくさんあって、それが全部、小さな女の子の絵なんだよなあ……」

「えー……」

どんな絵なのかは自分で見たわけではないので何とも言えないが、確かにそれはちょっと気持ち悪い。

「その原稿、どうしたの？」

お母さんが言う。

「それがさあ、部屋にあるものは廃棄したりリサイクルに出していいって書類は一応、交わしているんだけど、何ていうんだろう、怨念《おんねん》みたいな感じ？　そういうのを感じちやって、後でクレームになっても困るから、その原稿の山は、うちの引っ越し屋が経営しているトランクルームに、暫《しばら》くの間、保管することになった」

「依頼主って、その部屋に住んでいた人じゃないの」

変だなと思って、私はそう問うてみた。

「違うみたいだよ。身内の人だって。見積もりには来ていたらしいけど、現場に立ち会いには来なかったな」

すると、その部屋に住んでいた人が亡くなって、家財道具などの処分を依頼してきたとか、そんな事情だろうか。

兄貴の話はそれで終わりだった。全然どうってことない話だったが、それもいつものことだ。

引っ越し屋のバイトは、他人のプライベートを垣間《かいま》見る仕事だから、あれこれと人に話したくなるらしい。新築の家に引っ越す家族の幸せに触れることもあれば、リストラや離婚などの事情で引っ越す人もいる。この団地内の現場に駆り出されることも多いようだった。

「西4号棟っていうと、昔、事故があって人が亡くなっているのよねえ……」

「そうなの？」

何千世帯も住むマンモス団地だから、どこそこの棟で、昔、飛び降り自殺があったとか、殺人事件があったとか、入居した人が数か月と経たずに必ず出て行く、何か妙なものが出る部屋が存在するなどの、どこまで本当なのかわからない噂話《うわさばなし》のようなものはたくさんある。

お母さんのその話も、そんな噂話の一つか、ただの思い込みだろうと私は思っていた。

——その時は。

2

学校の図書室に現れる顔ぶれというのは、大体いつも決まっている。

九割は、図書室を勉強部屋代わりに使っている人だ。耳にイヤホンを突っ込んで音楽で音を遮断《しゃだん》し、ノートや問題集を開いて勉強している。こういう人は、あまり本を利用しない。たまに辞書や百科事典を使う程度だ。

あとの一割が、本を借りに通ってくる人で、こちらは勉強組のように長居はしない。わざわざ図書室に滞在して本を読んでいる人を、私は自分以外に見たことがない。

試験の前や、レポートの課題などが出された時だけは一見《いちげん》さんが増えるが、普段はいつも見かける七、八人が使用しているだけだ。そして常連たちがお互いに口を利いているところも、私は見たことがなかった。

閲覧用の席に座り、私はブコウスキーの『町でいちばんの美女』を読んでいた。図書購入のリクエストも殆どないらしく、図書を担当する司書の先生は、この手の本にはまるっきり興味がない人だった。そのため、予算内に収まるようであれば、リクエスト票さえ出せば、どんな内容か調べることもせずに、翌月には希望の本が入っている。ちなみに私が今、手にしている本もそうやって図書室が購入した本だった。お小遣いの少ない高校生には、本当に助かる。

同じクラスの福山《ふくやま》毅《たけし》が入ってきたのは、図書室の閉室時間が迫ってきた頃だった。

私は本から顔を上げ、ちらりと毅の方を見た。

図書室で見かけるのは、たぶん初めてだ。ブコウスキーの本のタイトルをもじって言うなら、『クラスでいちばんの地味男』といったところだ。まあ、私も人のことを言えた感じではないが。

毅はズボンのポケットに手を突っ込み、ぶらぶらと書棚《しょだな》の本の背表紙を見て回っている。

何か目的があって図書室に来たという感じにも見えない。勉強しに来たわけでもなさそうだ。

やがて毅は図書室内の書棚を一周すると、どういうわけか私の正面の席に座った。

「ちょっといいかな」

「はいっ？」

話し掛けられるとは思っていなかったので、私はうわずった声を出した。

「何読んでるの？」

「え？　ブコウスキー……」

どうせ知るわけないだろうと、私は呟《つぶや》くようにそう答えた。

「『パルプ』とか書いた人か？　えー、ちょっと意外だな」

毅のそのリアクションの方が、私には意外だった。

「もうちょっと可愛《かわい》らしいもの読んでるのかと思ったよ」

「でもこれは、そんなに下品じゃないよ」

どういうわけか、私は弁解めいた口調になる。

本をあまり読まないうちの兄貴や、クラスの女友だちには、勝手に高尚なものを読んでいると勘違いされているようだったが、毅には通用しないらしい。

慌てている私に向かって、追い打ちをかけるように毅は口を開いた。

「お前、小説書いてるんだろう？」

「えっ」

「この間、俺も郵便局にいたんだよ。声も掛けたのに、気づかなかった？」

みるみる顔が熱くなってくるのを感じた。そういえば、毅も同じ団地に住んでいる。

郵便局を出て行く時に、誰かから呼び止められたような気がしていたが、毅だったのか。

同時に、終業時間のチャイムが鳴った。

勉強組の連中が耳からイヤホンを抜き、問題集やノートなどを片付け始める。

「ご、ごめん。もう私、帰らないと……」

しどろもどろな口調でそう言うと、尚《なお》も話し掛けて来ようとする毅を無視して、私は逃げるように図書室から出た。

そのまま脱兎《だっと》の如《ごと》く廊下を走り出す。

クラスメートにまで小説を書いていることがバレた。

あの郵便局員のせいだ。

別に後ろめたいことをしているわけではないのに、何でこんなに恥ずかしいんだろう。

そう思うと、私は情けなくて涙が出てきそうになった。


お母さんと一緒に、団地内の広場で行われているフリーマーケットに出掛けたのは、その週末だった。

小説を書いていることをバラされて冷やかされるのではないかと、私はちょっと心配していたが、あれから毅はクラスでも話し掛けてこないし、目を合わせてもこない。あれは何だったんだろう。

「お兄ちゃんが、どこかにいる筈なのよね」

お母さんが言う。わりと大きめのフリマなので、兄貴がバイトしている引っ越し屋も、仕事で引き取った中古の家具や家電などをリサイクルで売るために出店している。お人好《ひとよ》しの兄貴は、バイト代も出ないのに、弁当とジュースが出るという条件だけで手伝いに来ている筈だった。

フリマ好きのお母さんは、会場になっている広場に足を踏み入れた途端、目付きが変わってしまい、並んでいる服などの物色を始めてしまった。

仕方なく別々に見て回ることにして、私はぶらぶら歩きながら、兄貴がいる引っ越し屋のブースを探す。思っていたよりも人出は多かった。団地内だけでなく、周辺からも人が集まって来ているのだろう。

広場の隅の方の一角に、フリマにはちょっと不釣り合いな、箪笥《たんす》やダイニングテーブルと椅子《いす》のセット、小型の冷蔵庫や洗濯機などが並んでいる、広めのブースがあった。きっとそれだと思い、覗《のぞ》き込むと、思いがけない顔を見つけた。

福山毅だ。

中古のＬＰレコードや、古い型のテレビゲーム機などが雑然と並べられた一角にしゃがみ込み、何やら難しい顔をして唸《うな》っている。

「おっ、麻美、来てくれたの」

そのままやり過ごして、どこかに行ってしまおうとしていた私に、兄貴が声を掛けてきた。毅が振り向く。完全に目が合ってしまった。

「何か買うの？」

無視して行ってしまうのも後味が悪いので、私はそう毅に声を掛けた。

「ああ……」

地べたに敷かれたシートの上に置かれたものを、毅が指差す。

「俺、こういうの詳しくなくてさ……。使えるのかな、これ」

毅が示したのは、ノートパソコンのような形をしたものだった。

見ると、値札は「二〇〇〇円」となっている。

マルの数が一つ少ないのではないかと思ったが、よくよく見ると、それはノートパソコンではなく、ワープロ専用機のようだった。

私は兄貴の方を見たが、冷蔵庫を欲しがっている男性客を相手にしている最中で、今は手が離せない様子だった。

「何に使うの？」

「いや、小説を書くのに……」

私は目を丸くした。毅はじっと足元のワープロ専用機を見下ろしている。

「前からノートパソコン欲しかったんだけどさ、うち、母親しかいないから、買ってくれとは言いにくくて……」

「でもそれ、ノートパソコンじゃないよ」

毅が驚いた表情を浮かべる。

「そうなの？」

「ワープロ専用機っていうやつだと思う」

「へえ、そういうものがあるんだ」

私だって、実物を見るのはたぶん初めてだ。

「どうりで、何か変だと思ったんだよ。プリンター付きのパソコンなんて見たことなかったから」

「でも、小説を書くだけなら使えないことはないと思うけど……」

私のその言葉が、いっそう毅を悩ませてしまったようだった。

「よう、友だち？」

そこに、接客を終えた兄貴が声を掛けてきた。

「ねえ、これってちゃんと動くの？」

毅の代わりに、私が兄貴に問うた。

「完動品だよ。アダプターとかの付属品も揃《そろ》ってる。買うの？」

「えーと……」

「ああ、兄なの」

兄貴の顔を指差し、困惑している毅に向かって、私は言う。

「麻美の友だちなら、半額でいいよ」

「えっ」

毅が反応して顔を上げる。

「その辺りに置いてあるの、売れそうにないものばかりだから。ワープロ専用機なんて、今どき買っていく人もいないだろうし」

「じゃあ、もっと安くならない？」

どういうわけか、毅を手助けしたくなり、私はそう言った。

「そう？　じゃあ五百円でいいや」

あっさりと最初の値段の四分の一になった。

「でも、悪いです……」

「いや、いいんだよ。売れなかったらいずれ廃棄するだけだし、邪魔だから持って行ってくれるだけで助かる」

そう言って笑いながら、兄貴は、まだ毅が買うとも買わないとも言わないうちから、ワープロ専用機を紙の手提げ袋に入れ始めた。

3

「お前、どういうの書くの。やっぱ恋愛小説とか？」

毅が妙に馴《な》れ馴れしく声を掛けてきたのは、週明けの月曜日だった。

図書室の閲覧用の席で、リクエストして入ってきたばかりの、マキャモンの『少年時代』を読んでいた私は、いらっときて本を閉じた。女だからといって、全員が恋愛に興味津々《しんしん》で、そういう物語を夢想していると思われるのは癪《しゃく》だった。

図書室には、私と毅の他は、二人の勉強組しかいなかった。勉強組はいずれもイヤホンで音を遮断しているので、こちらの会話は聞こえていない筈だ。

「そういうあんたはどうなのよ」

「俺はミステリーなんだよね」

「ふーん」

あれこれ聞いて欲しそうな雰囲気が見え見えだったので、私はわざと興味がないふりをして、再び本を開いた。

だが、文章を追っていても気もそぞろで集中できない。

小説を書くことについて語り合える相手が、ずっと欲しかったのに、いざ目の前にそれらしい人が出てくると、突き放してしまう。

「実はさ、この春に一本書き上げたんだけど、いざ新人賞に出そうと思ったら、手書き原稿での応募はダメらしいんだ」

私は顔を上げた。

小説を書いているとは言っても、どうせ小説家という職業に憧れているだけで、冒頭十数枚だけ書いては放り出してばかりいるタイプかと思っていたが、そうではないらしい。

「困っちゃってさ」

「それで、フリマであれを見つけて……」

毅が頷《うなず》く。

「そうそう。でもさ、ちょっとプリンターの調子が良くないんだ」

「そうなの？」

売っていたのは私の兄だし、何となく買うような流れにしてしまったのも私だったから、ちょっと責任を感じた。

「動いてはいるんだけど、紙をセットしても何も印刷されないんだよ。白いまま出てくるだけで」

「……ごめん」

完動品だと言っていたくせに、馬鹿兄貴め。

「何で謝るんだよ」

肩を竦《すく》めて毅が言う。

「別の賞に応募しようと思っていたんだけど、締め切りに間に合いそうになくてさ」

「だったらそれ、私がパソコンで清書して、うちでプリントアウトしてあげようか」

「えっ、マジで？　いいの？」

「枚数にもよるけど……」

さすがに千枚超えの大長編とか言われると、私も困る。

「ノートに手書きだから正確な枚数はわからないけど、たぶん、五十か六十か……百枚はないと思う」

それなら、暇を見つけて打ち込めば、一週間もあれば済む。

手間だし面倒かもしれなかったが、毅がどんな小説を書くのか興味があった。

私が書いた小説を読ませてくれと毅に言われても、絶対に見せようという気にはならないが、毅はその辺りは物怖《ものお》じしないようだ。よほど自分の作品に自信があるのか、それとも阿呆《あほ》なのか。

いいや、そもそも小説を書く人間は、人に見せるのが恥ずかしいとか思っていてはいけないのかもしれない。

「じゃあ、お願いしちゃおうかな。字が読みにくかったら申し訳ないんだけど……」

翌日、毅が持ってきた大学ノートの表紙には、マジックで『オランダ館の反転する密室』と書いてあった。もう題名だけでわかる。本格だ。

「それたぶん、感熱紙かインクリボンがないとダメなんじゃないの」

夕食の席で、ワープロ専用機を完動品として売りつけた兄貴を、私が追及するのを聞いていたお母さんが口を挟んだ。

「何それ」

どちらも聞いたことがない。

「昔のワープロは、そのどっちかで印刷していたのよ。感熱紙は、ほら、スーパーのレシートとかで、熱を加えると黒くなる紙あるじゃない。あれの大きいやつで、インクリボンは小さなカセットテープみたいな感じの……」

そう言われても、私にはカセットテープがうまくイメージできなかった。

お母さんは途中で面倒になったのか、「とにかくそういうのが必要なのよ」と言って、説明を打ち切った。

だとすると、毅が手に入れたワープロは故障しているわけではないのか。

ほら、やっぱりと、兄貴が反撃に転じようとしたので、私は自分が使った食器を持って立ち上がると、それを台所のシンクに置いて、そのまま自分の部屋へと退散した。

ノートパソコンを起《た》ち上げ、毅から預かった大学ノートをキーボードの横に開く。毅の字は綺麗《きれい》で癖がなく、読みやすかった。ところどころ、加筆したり修正したりはしてあるが、わかりにくいということもない。

内容は、私が書いているような、純文学ともエンターテインメントともつかない、半径五百メートルくらいの日常をスケッチした感じの小説とは違い、題名から連想したとおりの、かっちりとしたミステリーだった。

吹雪の日、周囲に足跡もない離れの建物で、内側から施錠された上にドアが釘打《くぎう》ちされ、ガムテープで隙間《すきま》を全部目張りされた部屋の中央に、背中にナイフを突き立てられた死体が棺《ひつぎ》に入れられているという、ディクスン・カーがやけくそになったかのようなシチュエーションの密室トリックを解くという短編だった。

これ、どうするつもりなんだろうと思いながら打ち込んでいたが、なかなかユニークな方法で論理的に解決していて、正直、私はちょっと感心した。

数日後、打ち込み終わった原稿をプリントアウトして、それを毅に渡し、打ち間違いなどを少し手直しして、毅が応募しようとしている賞のフォーマットに従ってプリントアウトし直した。

毅に誘われて、例の郵便局に封筒に入れた原稿を出しに行くのまで付き合うことになった。

あの初老の郵便局員がいたら嫌だなと思ったが、窓口に座っていたのは若い女性の局員で、私の時とは違い、毅の原稿は、あっさりと受理された。

清書をしただけなのだが、私は何だか自分の作品を投稿したかのような気分になっていた。

「楽しみだね。通るかな」

郵便局から出て歩きながら、私がそう言うと、毅は肩を竦めてみせた。

「そんなに甘くないよ」

「でも、きっと、いい線まで行くと思うよ」

私の方が熱心にそう語っている。

照れくさいのか、話題を変えるように毅が言う。

「あのワープロなんだけどさ、やっぱりインクリボンか感熱紙がいるらしいんだけど、メーカーに問い合わせたらリボンの方は取り寄せで、感熱紙もこの周辺の文房具屋とか探してみたけど、どこにも売ってなかった」

「ごめんね」

「いや、それは別にいいんだ。それよりも……」

少し迷った様子を見せてから、毅は口を開いた。

「あのワープロって、君のお兄さんが、バイトで西4号棟の部屋から持ってきたものなんだよね?」

「そうみたいだけど……」

私は頷いた。

今どき、引っ越しの不用品ですら、ワープロ専用機が出てくることは珍しいようで、確認してみたら、やはりそれは前に兄貴が言っていた、例の部屋から出てきたものらしかった。

「君、そこの住人と知り合いか何かだった?」

妙なことを毅が言い出すので、私は思わず裏返った声を出す。

「えっ、何で?」

「本体にフロッピーディスクが入れっ放しだったんだけど、何か小説らしきファイルがいくつか保存されているんだよ。使い方がよくわからなかったから、最近、気づいたんだ」

そういえば兄貴が、その部屋から何万枚もの肉筆原稿と、挿絵らしきものの山が出てきたと言っていた。

毅には、あのワープロは西4号棟に住んでいた人が使っていたものらしいよ、としか言っていなかったので、そのことを毅が知るわけはない。

「でさあ、うーん、何て言ったらいいんだろう」

「何よ。もったいぶらないでよ」

「その小説の中に、『イノマタアサミ』っていう女の子が出てくるんだよ」

背筋がぞーっと粟立《あわだ》つような感触があった。

「何それ」

思わず私は悲鳴に似た声を上げる。

「俺に聞かれたって知らないよ。だから心当たりないかって……」

「どういう感じなの？」

「その小説？　いや、どうってことない話なんだ。前後の展開とか流れが不明だから、繋《つな》がりとか設定のよくわからないところもあるんだけど、主人公はたぶん『ミカ』っていう女の子で、縮んじゃってるんだ」

「縮んでる？」

意味がわからない。

「まあ要するに、小さくなってるんだよ。親指姫みたいな感じでさ。で、それを助ける女の子たちがいるんだ。その中の一人の名前が『イノマタアサミ』。偶然の一致はしにくい名前だと思うんだけど……」

私は頷く。絶対にあり得ないとは言えないが、まず殆ど起こらないだろう。

「でもまあ、君がモデルなのかどうかはわからないけどね。その『イノマタアサミ』も、他に出てくる女の子も、みんな幼稚園児くらいの設定なんだ。それ書いてた人、男だったらロリコンだな、きっと」

毅は冗談で言ったつもりのようだが、ワープロが見つかった状況を兄貴から聞いていたこちらは、気持ちが悪くなった。

「それ、ちょっと読んでみたい。読ませてくれる？」

少し怖かったが、確認せずにはおれない。

「いや、それはいいけどさ。プリントアウトできないし、できたとしても何百枚あるかもわからないし、フロッピーを渡しても、君の家のパソコン、フロッピードライブなんてついてないだろ」

確かにそうだ。読むつもりなら毅からワープロ本体を丸ごと借りるか、毅の家に行くしかない。

「今から行くわ」

「うちに？　えっ？」

毅が狼狽《うろた》えた声を出す。

「いいでしょ？」

「いや、まあ、構わないけど、散らかってるし、母さん、まだパートだから俺一人だけど、いいの?」

「関係ないよ」

そう私が言うと、渋々という感じで毅は承諾した。

私の住んでいる棟とは正反対の方角にある毅の住む棟へと、連れ立って歩きながら、私はそのワープロがどのような部屋で、どのようなものと一緒に発見されたかを毅に話した。

毅は興味津々だった。そこはやはり、ミステリー作家志望だからだろうか。

ちょっと部屋を片付けるからと言われ、二十分近く玄関ドアの前で待たされた後、私は毅の住む部屋に招じ入れられた。

二人世帯だからか、それとも入居した時期などのせいなのかはわからないが、毅の住んでいる部屋は、私の住んでいるところより、部屋数が一つ少ないようだった。

毅がワープロの電源を入れ、ラップトップの目の粗い白黒液晶が起ち上がると、フロッピードライブがカタカタと鳴った。

「これだよ、これ」

ファイルを開き、文章を画面に呼び出すと、毅は台所の方に引っ込んでしまった。

マウスもタッチパッドも付いていないワープロ専用機の操作は、見た目はパソコンに似ていても、何だか使い勝手が違う。もどかしく感じながら、私はカーソルキーを押して画面をスクロールさせた。

内容に関しては、毅の言っていたとおりだった。主に小さくなってしまったミカという女の子の視点で綴《つづ》られている。舞台はこの団地や、近所にある『ひょうたん島』と呼ばれる神社の鎮守《ちんじゅ》の森、最近、フェンスで囲まれて立入禁止になってしまった溜池《ためいけ》や、団地内にある小中学校や保育園など、完全に団地を中心にした半径五百メートルくらいの世界が舞台になっている。

主人公の女の子は、親指くらいの大きさになってしまっているので、団地内のどこかに住み着いていると昔から噂のハクビシンに出会えば、それは巨大怪獣との戦いのようになり、大雨で団地の道路沿いにある側溝が溢《あふ》れれば、旧約聖書のノアが見舞われた大洪水と遭遇《そうぐう》したようになる。

半径五百メートルの日常を扱っているという点では私の書いている小説も同じだが、身長五センチ足らずの小さな女の子が見る団地とその周辺の光景は、まるでファンタジーの世界に出てくる魔境のように描かれていた。

「どう?」

毅に声を掛けられて、我に返った。気がつくと、私は夢中になってその物語を読んでいた。

気を遣ったつもりか、毅は湯気の立っているインスタント・コーヒーの入ったカップをワープロの隣に置いた。

「ああ、『イノマタアサミ』が出てくるのはもっと先なんだ」

そう言って毅は画面をスクロールさせ、問題の箇所を探し出した。

前後を読んでみると、イノマタアサミは、主人公のミカと一緒に小さくなってしまった、何人かの女の子のうちの一人のようだった。

少女たちは、お父さんやお母さんのところに帰るため、必死になって元の姿に戻る方法を模索している。

ミカは語る。お父さんは私が死んでしまったと思い込んでいるから、必ず元気な姿で帰って、楽しみにしていた小学校に入学したい。そのために頑張るのだと。

4

お父さんは私が死んでしまったと思い込んでいる。

だから毎日毎日泣いて暮らしている。

大人は常識にばかり囚《とら》われているから、私がすぐ耳元で、ここにいるよと囁《ささや》いても、空耳だと思って、気がついてくれないのだ。

どうして私は、眠っている間に小さくなってしまったのだろう。

その謎《なぞ》を解くためには、やはり昨日、保育園のお庭で会った、あの不思議な生き物に会いに行かなければならない。

ミカはそう思った。それに、夜中にまた、大きなゴキブリに追いかけ回されるのはもう嫌だった。

ベランダのサッシは、幸いに数センチだけ開いていた。

隙間から外に出ると、ベランダの格子は、まるでお城の壁のように見上げるばかりだった。船の帆のように大きな洗濯物が、風に揺れて、バタバタと大きな音を立てている。

お父さん、お母さん、待っていて。すぐに元の大きさに戻って、ただいまするから。

そう心の中で唱えると、ミカはベランダの隅に転がっている白いチョークを両腕で抱き締めるように抱え、重さでよたよたしながらも、緑色のベランダの床に、昨日会った不思議な生き物に教えてもらった魔方陣を描いた。

すると、どうだろう。みるみるミカの背中には、蝶々《ちょうちょう》のような翅《はね》が生えてきた。

よし、これで大丈夫。

ミカはそう思うと、ベランダの格子の隙間から、空へと飛び立った。

一陣の風が吹き、翅を動かすまでもなく、ミカを高く空へと運んでくれる。

目の下の風景が、みるみる小さくなる。

屋上よりも高く舞い上がると、団地全体が、地図のように目に映った。神社の『ひょうたん島』の連なった丘や、溜池が見える。道路にはミニカーのような車が行き来している。

辺りが雲で白く霞《かす》み始めた頃、ミカはやっと気がついた。

いけない、いけない。こんなに高く飛んだら、どこまで飛ばされたかわからなくなっちゃう。

ミカは背中の美しい翅をぴったりと閉じて、保育園の方向を探して急降下し始めた。

＊　＊　＊

そこまで読んで、私はダブルクリップで留められたＢ４判のコクヨの原稿用紙から顔を上げた。

傍《かたわ》らでは、毅が次々と段ボール箱を開き、中から原稿用紙の束や、ワープロで清書された紙の束、挿絵の数々などを引っ張り出している。

部屋の押し入れにあったものを、手に取った先から箱に詰めたらしく、およそ百枚ごとに纏《まと》められた原稿のノンブルは、かなりシャッフルされていた。どうやら毅はそれらを全部床に並べ、古い方から順番に並べて整理しようとしているらしい。

トランクルームに眠っている他の原稿も見てみたいと言い出したのは毅だ。仕方なく私が段取りして、兄貴がバイトに入っている土曜日に、二人してここにやってきた。

引っ越し屋の事務所と駐車場がある場所から、徒歩五分ほどのところに、このトランクルームはあった。

三階建ての、何の面白味もない外観をしたＡＬＣ構造のマンションに、六畳程度の狭いワンルームが、各階それぞれ五戸ほど並んでいる。

この辺りは都心からはちょっと離れているし、周辺に大学などもないから独り暮らしの需要もない。建てたのはいいが入居者がおらず、兄貴がバイトしている引っ越し屋の本部が、トランクルームにするため一棟丸ごと買い上げたものらしい。

家の新築のために一時的に家具を預ける人や、商品倉庫や書庫などの需要の他、引っ越し屋が不用な荷物を引き取った際の一時的な置き場所にもなっている。誰も住んでいないので、人気《ひとけ》はなく静かだ。

私と毅は、兄貴から預かったトランクルームの鍵を手に、こっそりとこの部屋に忍び込んだ。

最初、兄貴は、高校生の男女がそんなところに忍び込んで何をするつもりだと訝《いぶか》しんだが、事情を話すと、昼休みの間の一時間程度なら、怪しまれずに鍵を持ち出せると言って協力してくれた。兄貴も兄貴なりにあの原稿の正体が気になっていたらしい。

「最初の方は、きちんと製本されているんだな」

見ると、物語の冒頭と思われる部分は、手作りで丁寧に装丁されていた。厚紙で表紙をつくり、紐で平綴じされている。

表題はなかったが、主人公である『ミカ』と思《おぼ》しき女の子の絵が描かれていた。拙《つたな》い絵だった。挿絵のようなものは他にも出てきたが、この表紙の絵は、初期のものなのか、まだこなれていない。

ページを開いてみると、内容はワープロで清書され、レイアウトされていた。挿絵も多く、絵本のような体裁だった。

先ほど私が読んでいた肉筆原稿は初期のもののようで、同じ内容がワープロで印字されて綴じられている。作中に出てくる魔方陣の単純な図形のイラストや、背中に蝶の翅が生えて、青空に向かって飛んでいく女の子の挿絵もある。

「あのワープロに入っていたフロッピーも、清書の途中だったみたいだね」

毅の言葉に、私は頷いた。フローリングの床一面に並べられた肉筆原稿の量を考えると、それは物語のごく前半の部分だろう。途方に暮れる思いだった。単行本や文庫本にしたら、いったい何冊分あるのか見当もつかなかった。

「これ、全部で一編の物語なの？」

「たぶんね」

毅も呆《あき》れたような声を出す。

「そろそろ行った方がいいかも……」

私は腕時計を見ながらそう言った。もうすぐ午後一時になる。あまり長く鍵を持ち出していると、事務所の人に気づかれるかもしれないから、絶対に一時前には戻しに来てくれと兄貴に言われていた。

「もうちょっと……」

毅は、原稿の束の表紙を、私のスマホを借りて撮影したりしている。

「まるでヘンリー・ダーガーだな」

そう毅が呟いたが、間に合わなくなると困るので相手にせず、私は原稿を元の段ボール箱に仕舞い始めた。

次にまた来る機会があるかどうかわからないが、一応、順番がわからなくならないように詰めていく。

「これ、何冊か持ち出しちゃダメかな」

「絶対ダメ」

私はぴしゃりと毅に言った。

廃棄が予定されているとはいっても、今のところは会社で預かっている荷物だ。くれぐれも勝手に持ち出したりしないよう、兄貴からは口を酸っぱくして言われていた。

ちぇっと舌打ちして残念そうな表情を見せ、毅も原稿を仕舞うのを手伝う。

トランクルームの鍵を締め、引っ越し屋の事務所の前に戻ると、制服のツナギに帽子を被《かぶ》った兄貴が、そわそわしながら待っていた。

「昼休み終わっちゃうよ。バレるだろ」

口先を尖《とが》らせながら、兄貴は私が差し出した鍵を受け取った。

そして私の傍らに立っている毅を見て、からかうように言う。

「この間、フリーマーケットにも来てたよな。お前ら、付き合ってんの？」

「違います」

私より先に毅が冷静な声で否定した。

意味もなく腹が立ったが、私も頷く。

「あの原稿が見つかった部屋の、片付けを依頼してきた人の連絡先わかりませんか。確か、住んでいた人の身内なんですよね」

毅が言う。兄貴は困ったように眉根《まゆね》を寄せる。

「勘弁してくれよ。俺、ただのバイトだから、あっちの現場行け、こっちの現場行けって言われて作業しているだけで、詳しいことはわからないんだ」

その時、兄貴の背後でクラクションが鳴った。

見ると、引っ越し屋の駐車場から出てきたトラックの運転席から、兄貴と同じ帽子を被った年輩の運転手が身を乗り出し、「猪俣、早くしろよ！」と声を上げている。

「じゃ、悪い。俺、午後からの現場行かなきゃならないから」

そう言うと兄貴は、トラックの運転手に「すんません、ちょいトイレ」と言って事務所に走って行った。鍵をこっそり戻すためだろう。運転手は苛々した様子で煙草《たばこ》をくわえ、火を点《つ》けている。

何だか兄貴に悪いことをした。

引っ越し屋の事務所の入口から離れると、私たちは遠くに並んでいる白い団地の建物の方角に向かって歩き出した。

大通り沿いの歩道の電柱に貼られたプロレスのポスターが、半分剝《は》がれて風に揺れている。神社の大きな鳥居の前にある横断歩道で信号待ちをしている時に、何やら考え込んでいた毅が、不意に声を上げた。

「今から、あの原稿が発見された部屋に行ってみないか」

そういえば、まだ一度も現場には行ってなかった。

「いいけど……」

兄貴が、その部屋の引っ越しに関わってから、もう一か月近く経っている。新たな住民が引っ越してきていてもおかしくはない。

仮に空き室のままだとしても、中に入れるわけではないし、無駄足になるのはわかりきっていたが、私は付き合ってみることにした。理由はわからないが、何だかもう少し、毅と一緒にいたい気分だったのだ。

「さっき、変なこと言ってたよね」

横断歩道を渡って団地の敷地に入ってから、私は不意にそのことを思い出した。

「変なことって？」

「ほら、ヘンリー何とかって」

「ああ……」

言った本人の毅も忘れていたらしい。

「ヘンリー・ダーガーっていう作家……いや、作家じゃないかな。そういう人がいるんだ」

初めて聞く名前だった。名前だけなら作家の名前は普通の人よりは知っているつもりだったが、聞いたこともない。

「世界一長い小説を書いた人だよ」

「それってグインかローダンじゃないの」

長い小説というと、栗本薫先生の『グイン・サーガ』か、ＳＦの『宇宙英雄ペリー・ローダン』シリーズくらいしか私には思い浮かばなかった。

「ローダンは一人が書いているわけじゃないだろ。グインは確か、ギネスに申請したけど却下されたんだ」

「じゃあそのダーガーっていう人の小説が、世界で一番長い小説だって認定されてるの？」

「いや、ギネスに載っている世界一長い小説は、プルーストの『失われた時を求めて』だったと思う」

まあ、俺は読んでないけどね、と付け加えてから毅は続けた。

「ダーガーの小説は完全版が出版されていないから、ギネスには認定されていないんだ」

「どういうこと？」

ちょっと興味を引かれて私は言った。

こんな会話を交わせる友人は今までいなかったから、話しているだけで楽しい。

「数十年もの間、誰にも見せずに書かれた小説なんだ。純粋に、ダーガーが自分自身だけを読者にして書いた小説。ダーガーは作家でもなくて、病院で清掃とかの仕事をしていた」

私は何だかぞくっとした。

似たような話なら、サリンジャーの晩年が思い浮かぶが、世界的に才能が認められていたサリンジャーの場合とは、根本的に異質な話のようだった。

「ダーガーが体調を崩した後、引き払われた部屋の中に山積みになっていた原稿と挿絵を、財産の処分を任された家主が発見したんだ。タイプ原稿が一万数千枚と、挿絵が三百枚以上。家主が見識のある人じゃなかったら、そのまま全部ゴミになっていた」

小説が書かれた歳月の重さと、原稿に対する扱いの軽さに、私は眩暈《めまい》がしそうになった。

誰にも読ませず、作者が自分だけを読者にして書いた小説とは、なんて純粋な小説なのだろう。

人に読まれてこそ小説だと思っていたが、その在り方の美しさにも、心が震えた。

「素敵ね。どんな内容の小説だったの？」

「ふたなりの少女奴隷たちが、邪悪な大人を相手に反乱を起こす、ファンタジー風味の話」

さっぱり想像がつかない。

だが、毅は真剣な表情で続ける。

「ダーガーの場合は、たまたま発見されて世に出たけど、そうやって人目に触れないまま消えていった小説って、けっこうあるんじゃないかな。『不思議の国のアリス』だって、そもそも数学者だったキャロルが、アリスって名前の知り合いの女の子の気を引くためだけに書かれた小説だっていうぜ」

それは有名な話なので、私も聞いたことがある。

確か、元のタイトルは『地下の国のアリス』で、文章も挿絵も全て手書き、装丁も手作りの一点もので、当時十二歳だったアリス・リデルという少女にプレゼントされたのだ。

世界中に知られたその小説も、それこそ不思議な偶然が重ならなければ、アリスという名の女の子の机の抽斗の中で、誰にも知られずに消えて行ったかもしれないのだ。

「これも同じようなケースなんじゃないかな」

フィクションではなく、現実の生活に現れたミステリーに、毅はすっかり興奮しているようだった。

私としては、そんな気味の悪い小説の登場人物に、自分の名前が使われていることの奇怪さの方が気になった。その現実味のなさは、自分が小説の中の登場人物になってしまったかのような錯覚を起こさせる。どこかで誰かが、今まさに本のページを開いて、私のことや、その考えを覗き見しているような、不安な気分。

だが毅の方は、もっと現実的な部分で、この作品と作者の正体を突き止めたいようだった。

問題の部屋に辿《たど》り着くと、もう新しい入居者がいるのか、表札が出ていた。

お構いなしに玄関のチャイムを押そうとする毅を、私は慌てて止める。

「ちょっと、やめようよ」

「何でさ。どんな部屋で発見されたか見てみたいし、もしかしたら天井裏とかにまだ原稿が眠っているかもしれない」

「調べるつもりなの？」

「探偵が現場を検証しなくてどうするんだよ」

「私たち探偵じゃないし」

私が必死に引き止めたので、不満そうな顔をしながらも、何とか毅は諦《あきら》めてくれた。

5

「お前らのお陰で、あの後、めっちゃ怒られたよ」

夕食の席で、兄貴が不満げにそう言った。

「鍵の件がバレたの？」

「違うよ。休み時間くらい守れってさ。鍵のことがバレてたらクビになってるっての」

テーブルの中央にあるボウルから、自分の皿にサラダを取り分けながら兄貴が言う。

「何の話よ」

お母さんが、親子丼の入ったどんぶりを並べながら言った。お父さんは今日も残業だ。

「ほら、前に話したじゃないか。変な原稿がたくさん出てきた部屋のこと」

「ああ、西4号棟の部屋のこと？」

お母さんがそう言い、兄貴が頷く。

「それを今、麻美が調べてるんだよ。彼氏と一緒に」

私は食べていた親子丼を吹き出しそうになった。

「あら、麻美、彼氏できたの？」

お母さんが嬉《うれ》しそうな声を上げる。

「適当なこと言わないでよ、お兄ちゃん！」

「違うのか」

「違うって今日、言ったじゃない」

「どんな子なの？」

「ああ、何か地味な感じの子。麻美にはちょうどいいんじゃないの」

お母さんの問いに、何故《なぜ》か兄貴が答えた。

たぶん悪気はないのだろうが、私よりも毅が馬鹿にされたような気がして、不愉快な気分になった。

私は無言で黙々とごはんを口に運んだが、鈍感な兄貴はそんな空気にすら気づかない。

「そういえば……」

どんぶりを掻き込んでいた兄貴が、器を空にすると同時に、それをテーブルの上に置いた。

「前にこの話をした時、母さん、あの棟で事故があって人が死んでいるって話をしていたよな」

そんな話、していただろうか？　私は覚えていなかったが、お母さんは頷いた。

「かなり昔の話よ。麻美がまだ保育園に通っていた頃」

「どんな事故だったの？」

私がそう言うと、あからさまにお母さんは嫌そうな顔をした。

「麻美、覚えてない？　一緒の保育園に通っていた女の子が、遊んでいて誤ってベランダから落ちて、亡くなったことがあって……」

まったく記憶にない。

団地内にある保育園に通っていたのは、もう十年以上前だ。私は小さかったから覚えていないが、お母さんの記憶には新しいのだろう。

「何でこの間、その話題になった時に言わなかったのよ」

「だって、ごはん食べている最中だったし、子供が死んだ話なんて気分悪いじゃない」

それはそうだ。

だが、私はその件がとても気になった。

さすがに年月が経っているので、お母さんも詳しいことまでは覚えていなかったが、新聞の社会面で、小さくニュースにもなったらしい。

翌日、私は早速、毅を誘って一緒に自転車を飛ばし、団地から少し離れた場所にある、市の中央図書館に向かった。

時期ははっきりとしなかったが、うちは私が子供の頃から、ずっと同じ新聞を取っているから、その一紙に絞って、私が保育園に通っていた三年間の記事を、縮刷版で丹念に調べた。

図書館のテーブルに向かい合って座り、会話も交わさず黙々と調べること二時間、その記事を発見したのは、毅の方だった。

「おい、見ろよ！　これだろ、たぶん」

図書館にいることも忘れ、毅が大きな声を出す。

周りの目を気にして、私は人差し指を唇に当てて毅を黙らせると、渡された縮刷版の紙面を見た。

そこには確かに、十数行ではあるが団地内で起きた転落事故の記事と、被害に遭った『関根耕平《せきねこうへい》さんの長女・美加《みか》ちゃん（4）』という記述があった。

6

カーラジオからは、地方FM局の妙にテンションの高いパーソナリティのお喋りが流れている。

高速道路を降りて海沿いのバイパスに入ると、夏の強い日射《ひざ》しに照り返す海の水面が、眩《まぶ》しいくらいだった。

建物の間に時折現れる砂浜には、人の姿や、色とりどりのビーチパラソルが並んでいるのが見える。そういえば、去年も一昨年も海には行かなかったな、と私はぼんやりと考えた。今年も機会はなさそうだ。

ミニバンタイプのレンタカーの後部座席に並んで座った私と毅は、運転免許をつい一週間前に取得したばかりの兄貴の運転で、西へと向かっていた。

免許取り立ての兄貴の運転が不安で、私は終始緊張しっぱなしだったが、毅は窓に頭を預けて、大口を開けて鼾を掻いている。

「あれじゃないかな」

カーナビの設定方法がわからず、バイパスを降りてから少し迷い、途中のガソリンスタンドで道を聞いて、やっと目的の場所に辿り着いた。

海に近い高台にある、小さな一軒家。

約束の時間に少し遅れてしまったからか、門の前に立って待っている人影が見えた。兄貴が軽くクラクションを鳴らすと、手を振って応え、駐車スペースのある裏手へと誘導してくれる。

車を降りると、まず私が挨拶《あいさつ》をした。

微《かす》かな笑みを浮かべ、その男の人は頷いた。口の周りに白髪まじりの髭《ひげ》が生えている。以前は髭はなかった筈だ。いや、あったのだろうか。うまく顔を思い出せなかったのは、前に会った時、この人は郵便局員の制服を着ていたからだ。

「遠かっただろう。よく来たね」

春休み明けに、私が小説を投稿しようとした時、窓口にいた初老の郵便局員……関根さんは、そう言うと、私たちを家の中に招じ入れた。

ひと先《ま》ず私たちは、関根さんの娘である美加ちゃんの仏壇に、順番に線香を上げさせてもらった。仏壇と位牌《いはい》は、関根さんがあの団地の部屋から持ち出した、殆ど唯一のものだったそうだ。

「部屋に残されたものは、全て処分してくれと姉にはお願いしたんだがね。あの物語が、こうして君たちの目に触れたのも、何かの巡り合わせなんだろうな」

私や毅が、何であの小説の存在を知るに至ったかを説明すると、関根さんは苦笑まじりの表情でそう言った。

新聞であの記事を見つけた後、私と毅は、引っ越し屋に荷物の処分を依頼した、関根さんの姉に連絡を取った。

意外にもと言っては失礼だが、関根さんは生きていた。てっきり、亡くなるなどしてあの部屋を解約して引き払うことになったのだろうと私は思い込んでいたのだ。

もっと驚いたのは、その関根さんが、郵便局にいた、あの初老の局員だったことだ。今はもう退職し、こちらに家を買って住んでいるという。

「最初はね、娘の誕生日のプレゼントに、絵本を作ったんだ」

ゆっくりとした落ち着いた口調で、関根さんはそう言った。

「ある日突然、小さくなってしまった美加が、団地やその周辺を冒険するという、たわいもない物語だった。だが、娘はそれをいたく気に入ってくれて、続きをせがまれた。だから毎日、少しずつ書いては、寝る前に語って聞かせてあげたんだ」

それはごくありふれた、幸福な家庭の光景だろう。

「最初の方は、読んだんだろう?」

関根さんの言葉に、毅が頷く。

「だったら、小さくなった美加が、ベランダから飛び立つシーンがあった筈だ。背中に蝶のような翅が生えて、並んだ団地の白い建物の上空を、どこまでも飛んで行く。挿絵も上手《うま》く描けていた。美加はこのシーンが特にお気に入りで、何度も私に読み返すようにせがんだ」

「まさか……」

思わず私は、声を出していた。

「娘はそれを真似《まね》て、ベランダから飛び降りたんだ。私は郵便局に勤務していて、妻はちょっとの間、買い物に出掛けていた。警察には何も言わなかったが、居間にページを開いた本が落ちていて、ベランダにチョークで魔方陣が落書きされていたから、私はそれを確信した」

私は、出されたお茶を口に運ぶこともできなかった。

「結局、警察は美加がベランダで手摺《てす》りによじ登って遊んでいるうちに誤って落ちたのだろうと判断した。妻は離婚して出て行き、私はあの部屋に一人で残った。隣近所でも職場でも噂の的だったが、私は心を失っていたからどうでもよかった。娘との思い出が詰まったあの部屋から出て行く気になれなかったんだ」

「関根さんがお書きになったあの物語の中に、私と同じ名前の女の子が出てきたんですが……」

おずおずと私が口を挟むと、関根さんは微かに頷いた。

「あの物語は、小さくなってしまった娘が、元の体に戻って、お父さんやお母さん……

つまり私や元の妻に見つけてもらうまでの物語になる予定だった。大人は常識に囚われているから、小さくなってしまった娘の姿には気づかない。そういう設定だった」

関根さんはひと呼吸おいて、喉《のど》を湿らせるためか、お茶を口に運んだ。

「馬鹿な話だと思うだろうが、私は小さくなった娘の姿を見たんだ。部屋の中の家具と家具の隙間、職場に行く道すがらにある花壇の花の陰、局にやってくるお客さんの肩に、ひょっこりと座っていることもあった。娘はベランダから飛び降りて死んだのではない、あの物語のように、小さくなって、私の助けを求めているのだ。そう思うようになった。物語の続きをせがまれているような気がして、それから私はあの話を書き始めたんだ」

関根さんの話によると、それからは毎日、絶望も希望もなく職場に赴き、定時に家に帰っては話の続きを数枚書き、それを娘の遺影に向かって語って聞かせるという、判で押したような規則正しい生活を、十数年に亘《わた》って続けていたらしい。その後、住民や職場の人間の入れ替わりなどもあり、娘の死についての話題は、少なくとも関根さんの身の回りでは次第に風化していった。

続けるにつれ、物語の風呂敷はどんどん広がり、主人公である『ミカ』の他にも、多数の登場人物が必要になってきた。

関根さんは、その都度、美加ちゃんが通っていた……つまり、私も通っていた団地内の保育園の卒園アルバムを開いては、その中から登場人物の名前を選んだ。美加ちゃんが亡くなったのは在園中の年中組の時だったが、本来なら卒園していた筈の年に、職員が気を利かせて届けてくれたものだという。

私と同じ名前の登場人物、イノマタアサミは、本人の知らないところで、そうやって生まれたのだ。

「君は結局、あの小説は投稿しなかったんだろう？　悪いことをしたね」

関根さんにそう言われ、私は首を横に振った。

あの日、関根さんがなかなか私の出そうとしていた封書を受理してくれなかったのは、意地悪でやっていたのではなく、私に個人的に話し掛けるきっかけを探していたらしい。

何気なく差出人を確認して、関根さんは愕然《がくぜん》とした。そこに書かれていたのが、よく知った名前だったからだ。

一人ぼっちの部屋で、黙々と静かに書き続けていた小説の登場人物が、目の前に現れたかのような気がした。そして、その少女——つまり私のことだが——は、もう幼女ではなく、高校生くらいの年齢に成長していた。

時が止まったかのような生活をしていた関根さんは、その時にやっと、美加ちゃんが生きていたら、もう高校生になっている年齢だということに気がついた。まるでタイムスリップしたか、長い眠りから目覚めたような気分だったという。

何を話したらいいのかわからなかったが、とにかく関根さんは私と話がしたかった。

そのきっかけを探しながら対応を引き延ばしているうちに、私は封書を引ったくるように取り返し、涙目で郵便局から走り去ってしまった。

関根さんは深い罪悪感に駆られた。

家に帰り、その日は十数年ぶりに、物語を書かずに寝床に横になった。

もしかしたら、自分がいつまでもこんなことを続けているために、娘は成仏《じょうぶつ》できずにいるのかもしれないと関根さんは考えた。

物語を閉じるために、関根さんは、それまでは一度も消化したことのなかった有給休暇を全て使い、一週間の間、殆ど家から出ずに、数百枚もの原稿を書いて話を終わらせた。

「物語の中の『ミカ』ちゃんは、最後、どうなるんですか？」

「読んでないのかい？」

関根さんは意外そうな顔をした。

フロッピーディスクに入っていたのは、物語途中の清書だし、私が肉筆原稿を目《ま》の当たりにしたのは、前に毅と一緒にトランクルームに忍び込んだ時だけだ。物語が完結していることにすら気づかなかった。

「原稿は、乗ってきたレンタカーの荷台に全部、積んであります」

兄貴が言う。

引っ越し屋に事情を話し、持ち主である関根さんに返すため、今朝方、私たち三人で車に積んできたのだ。

「捨ててくれて良かったんだよ。あの物語はもう、存在の意味を全うしたんだ」

困ったような顔をして、関根さんが言う。

物語を書き終えた関根さんは、職場を退職し、団地を引き払うことを決意した。この十数年、趣味や楽しみもなく、何の贅沢《ぜいたく》もせずに過ごしてきたから、幸いにお金だけはあった。それでこの一軒家を買い、人生をリスタートさせることにした。自分でやったのでは、あれこれと未練が残ってしまい、思い切りがつかないので、部屋の処分は近隣に住んでいた姉に任せ、関根さんは娘の位牌や写真、身の回りの品だけを持って、団地から去った。

ふと私は、居間のサッシの外を見た。高台にあるので、彼方《かなた》には海が見える。乗ってきたレンタカーが、雑草の生えた裏の敷地に駐車してあった。

「だが、持って帰ってくれというのも、申し訳ないな」

関根さんは立ち上がると、裏に面したサッシ戸を開き、そこに置いてあったサンダルを突っかけて表に出た。

「あっ、降ろしますか？　じゃあ手伝います」

毅がそう言い、慌てて玄関の方に回った。私と兄貴も、表に出るために玄関に回る。

荷台のハッチを開き、ぎちぎちに原稿用紙が詰まった数箱の段ボールと、毅が買ったワープロ専用機を降ろす。この荷物が重すぎて、高速道路では全然スピードが出ず、後続車に何度も煽《あお》られて、来る途中は怖い思いをした。

「部屋に運びましょうか。こう見えても俺、引っ越し屋でバイトしてるんで、二階でもオーケーですよ」

妙に張り切った口調で兄貴が言う。

「いや、庭でいいよ」

そう言うと、関根さんは庭の隅にある焼却炉の中に残っている灰を、火搔き棒で搔き出し始めた。

「えっ、ちょっと待って……」

毅が不安そうな声を上げたが、関根さんは、段ボールのうちの一つを開くと、中にあった原稿を無造作に取り出し、焼却炉に突っ込んで火を点けた。

「ああ……」

毅が狼狽えた声を出す。

それを余所《よそ》に、関根さんは楽しげに鼻唄《はなうた》すら歌っている。

火勢が安定し、青く澄み切った空に、焼却炉の煙突から溢れ出た白い煙が立ち昇り始めると、関根さんは目を細めてそれを見上げながら言った。

「これでやっと、娘のところに物語が届くよ」

そして、傍らに積まれている段ボールの山を見て苦笑を浮かべた。

「全部燃やすのに、二、三日はかかるかな」

7

団地に戻ると、もうすっかり日が暮れていた。

帰りの高速は、荷台に載っていた段ボール箱がなくなったので走りは軽快だったが、原稿の最後をきちんと読んでいなかったことを、毅は頻《しき》りに後悔していた。

物語の『ミカ』がどうなったのか、私は永遠に知ることはできないが、きっとハッピーエンドだったのだろう。関根さんの吹っ切れたような清々《すがすが》しい表情から、そう窺《うかが》えた。

「そういえば……」

不意に私は思い出して、毅に問うてみた。

「前に投稿した小説、どうだったの？」

「あれかい？　一次も通らなかったよ」

そう言って、毅は、チッと舌打ちした。

団地の棟の前で毅を降ろし、兄貴はレンタカーを返却しに行った。

私はひと足早く家に戻り、シャワーを浴びてパジャマに着替えた。

すぐに眠くなるだろうと思っていたが、どういうわけか気持ちが高揚していて、目が冴《さ》えていた。

私は自分の部屋の机の前に座り、抽斗の奥から、投稿されなかった小説を引っ張り出すと、閉じられたままの封を切り、中から原稿を取り出した。

それを読み返しながら、私は考える。

自分のためだけに書かれたダーガーの小説も、一人の読者のために延々と書き続けられた関根さんの小説も、そして本屋に並んでいる多くの読者のために書かれた小説も、そこに大事な思いがあれば、価値は等しい。

そして自分は、多くの人に物語を届けたい。

改めてそう思った。

そんなことを思うと、何だか奮い立つものがあり、私は数か月ぶりに、無性に小説が書きたい気分になった。

机の上に置いてあるノートパソコンを起動し、パジャマの袖を捲《まく》って、キーボードを叩き始めた。

結局、明け方に至るまで書き続け、私はそのまま机に突っ伏して寝てしまった。

ノートパソコンのディスプレイの陰から、親指くらいの大きさの小さな女の子が顔を覗かせる。

　机の上に顔を載せ、涎《よだれ》を垂らして寝ている私の傍らに走り寄ると、小さな女の子は、私の耳朶《じだ》を両手でむんずと摑《つか》んで引っ張り、耳の穴の奥に届くよう、「ありがとう」と声を掛けた。

　えっ、と思って顔を上げ、私は辺りを見回した。夢か。

　そう思って欠伸《あくび》をしながら伸びをした時、朝日が射し込んでいるベランダの縁から、何かが飛び立つのが目の端に見えた。

　背中に蝶の翅が生えた、小さな女の子のように見えたが、きっと気のせいだろう。

　私は立ち上がると、そちらの方に歩いて行く。サッシを開いて裸足《はだし》のままベランダに出ると、朝の清々しい空気を、肺いっぱいに吸い込んだ。

　私の知っているこの世界は、物語に満ちて輝いている。

裏倉庫のヨセフ

1

産婦人科での健診の帰り、バス停に降りると、小林遥子《こばやしはるこ》は、白いレース地の日傘を差して歩き出した。

七月に入り、日射《ひざ》しは次第に強くなってきている。

体は重く、しんどかった。

肩に掛けたトートバッグの中からハンドタオルを取り出すと、額に押しつけて浮き出した汗を吸わせる。

ガードレールで守られた大通り沿いの道を歩いて行くと、やがて神社の大鳥居の前に辿《たど》り着いた。

日傘の縁を上げ、遥子は木陰で薄暗くなった参道の奥を覗《のぞ》き込む。

本殿の向こう側、神社の裏手には、双子のように小さな山が二つ連なった、地元では『ひょうたん島』と呼ばれている場所があり、禁足地になっていた。

ああ、あれからもう一年近く経《た》つのだ。

遥子はそう思った。

不思議なものだ。昨年、息子の尚之《なおゆき》を連れて、団地に住む両親の元に来た時には、夫の昭彦《あきひこ》とは離婚するつもりでいたのだ。

それが今は、二人目がお腹《なか》に宿っている。

臨月が近づいて、すっかり膨《ふく》らんだお腹をさすりながら、遥子は微笑《ほほえ》んだ。人生なんてどうなるかわからないものだ。

ふと思いつき、遥子はお参りしていくことにした。

この神社の鎮守《ちんじゅ》の森である『ひょうたん島』で、尚之が丸二日に亙《わた》って行方知れずになったあの事件がなければ、昭彦とは関係を修復する機会も失ったまま、今頃は他人になっていたことだろう。お腹の中にいる、この新しい命と出会うこともなかった。

そう考えると、あの事件は、この森の神様が導いてくれたことなのではないかと思えた。

真っ昼間で誰もいない参道を、奥に向かって歩いて行く。

小さい頃は、毎年、ここで行われる縁日が楽しみでしようがなかった。今も昔のように、たくさんのテキ屋の屋台が並ぶ、賑《にぎ》やかなお祭りなのだろうか。縁日は、確か八月の終わりだったから、その頃にはもう、お腹の中の赤ちゃんも生まれている筈《はず》だ。

尚之を連れ、昭彦にベビーカーを押してもらって、一緒に縁日の人混みの中を歩いて行く自分の姿を思い浮かべて、遥子はまた頰《ほお》を緩めた。

神社の本殿に至り、玉砂利の敷き詰められた広場に出た。

本殿の傍《かたわ》らには古い神楽殿《かぐらでん》があり、補修工事が入っているのか、昔ながらの丸太の足場が、屋根まで架かっている。今は休憩中なのか、それとも現場は休みなのか、作業の音は聞こえなかった。

尚之を無事に帰してくれたお礼と、赤ちゃんが元気に生まれてくるようにとの願いを込めて、お参りを済ませると、遥子は通りに戻って足を保育園へと向けた。

妊娠が判明してから、二人目が生まれたら何かと大変だと昭彦が提案して、遥子の実家がある団地の近くにマンションを借りて引っ越してきた。それが三か月ほど前だ。

以前に住んでいた場所よりも、昭彦は通勤時間が片道四十分ほど増え、遥子も家事の他に健診などにも通わなければならなかったので、一時的に尚之には、学童保育に通ってもらうことにした。

転校したばかりのうえに、今まで経験したことのない放課後の学童保育で、尚之が馴《な》染《じ》めるかどうか最初は心配だった。

だが、お兄ちゃんになることを知ってからの尚之は、気持ちに変化でもあったのか、嫌がりもせずに毎日、小学校が終わると、隣接する保育園内にある学童クラブで、遥子が迎えに来るのを待っている。

最近は、二級上の城島一太《じょうしまいった》くんというサッカー好きの男の子と仲良くなり、休みの日には、泥だらけになってボールを追いかけている。そんな活発な尚之の姿は、以前の都心暮らしの時は見たことがなかった。

身の回りのいろいろなことが好転しているように感じられた。自分は今、幸福だとすら感じられる。夫である昭彦と、お互いにぎすぎすとした気持ちで不満をぶつけあっていた頃から想像すると、嘘《うそ》のようだ。

歩きながら、遥子は腕時計を見た。

時刻はまだ午後四時半。学童クラブに通う子供たちの両親は、殆《ほとん》どが共働きだから、これでもお迎えに行く時間としては早い方だ。

五時頃に、ちょうど間食のおやつが出るから、それより前に迎えに行くと、尚之はとても残念がる。

もう迎えに来たの、と不満そうな顔をする尚之の顔が思い浮かんで、遥子は少しだけ可笑《おか》しくなった。

保育園に着くと、何だか普段と様子が違っていた。

いつもなら、園児たちか、学童クラブに通う小学生が、必ず何人か園庭で遊んでいるのだが、誰もいない。

訝《いぶか》しく思いながら、遥子が保育園内の学童ルームに行くと、顔馴染みの保育士が一人で部屋の掃除をしていた。こちらにも子供たちの姿はない。

「あ、小林さん。お帰りなさい！」

まだ二十代と思《おぼ》しき若い保育士は、職業的な条件反射なのか、子供に向けるような、ひまわりを思わせる笑顔を浮かべた。

「あの……うちの子は？」

「ああ、今、ホールの方に、自治会の有志が、読み聞かせに来てくれているんです」

そういえば、『学童だより』にそんなことが書いてあったような気もする。

遥子の父親は今、団地で自治会長をしているが、前向きな若い役員がいて、団地に住む老人や子供の交流会を主催していると聞いていた。たぶん、その絡《から》みだろう。

どうやら、園に残っている子供たちは、全員、そちらに行っているらしい。

「どうします。急いでいるようなら、尚之くんだけ呼んできますけど……」

「いいわ。終わってから連れて帰ります。私も聞きに行っていいかしら？」

「あ、はい。どうぞご遠慮なく」

園舎に隣接する、体育館と講堂を兼ねたホールへと遥子は向かった。

遥子も小さい時はこの保育園に通っていたが、子供の頃にはとても広く思えた園庭が、大人になった今見ると、やけに狭く感じられる。

ホールは、遥子が保育園を卒園した後に、一度、建て替えられたらしい。園の外廊下から続いているホールへの入口を、そっと開くと、光を遮《さえぎ》るための暗幕が掛かっていた。マイクを通した、若い女の子らしき声が聞こえてくる。

中に入ると、照明は落とされていて暗く、何かプロジェクターのようなものを使って、絵が白いスクリーンに投影されていた。

読み聞かせと聞いていたから、絵本を手にした人を子供たちが車座に囲んでいるような感じかと思っていたが、なかなか本格的なリーディング風の上演が行われているらしい。

園児たちと学童保育の小学生たちが、行儀良く並んで膝《ひざ》を抱えて体育座りしており、その向こう側の壇上で、高校生くらいの女の子が、手にしたマイクで話していた。

子供たちの後ろには、早めにお迎えに来たらしい保護者たちと、保育士たちが十数名、壁を背にして立っていた。

軽く会釈《えしゃく》しながら遥子もそちらに歩いて行く。保育園の職員が、気を利かせてパイプ椅子《いす》を持ってきてくれた。お腹が重くて、正直、立ちっ放しはつらいなと思っていたので、ありがたい。

雰囲気からすると、語りは佳境に入っているようだった。

プロジェクターによって映された可愛《かわい》らしい絵には、見覚えがあった。

緑の多いイギリスの片田舎の牧歌的な風景。第二の人生を歩み出したばかりの、愛《あい》嬌《きょう》のある絵柄で描かれた、仲の良い老夫婦。

読み聞かせ用に印象的なコマを拡大コピーして編集したようだが、どうやらそれは、レイモンド・ブリッグズの『風が吹くとき』という絵本のイラストだった。

どこからか、飛行機の飛ぶ音が聞こえてくる。

見ると、マイクを使って語っている女の子の傍らで、同じくらいの年頃の、何だか地味な顔をした男の子が、台本らしきものを片手に、オーディオプレーヤーの再生ボタンを押し、音量のダイヤルを徐々に回して効果音をフェードインさせている。

彼はなかなか優秀な裏方のようで、女の子の語る物語に合わせて、今度は予《あらかじ》め録音したと思われる緊急ラジオ放送のようなものを流し始めた。

誰かに頼んで吹き込んでもらったのだろうか、敵国からミサイルが発射されたというニュースが、年輩の男の人の声で流れ出した。なかなか真に迫っていて、本物のニュースだと思い込んだ何人かの園児や学童たちが、不安そうにきょろきょろと辺りを見回し始めた。

家の中に避難するようにと訴えるアナウンサーの声が、突然、途切れると、その瞬間、それまでイラストが表示されていたスクリーンが真っ白になった。

僅《わず》かな静寂の後、ホールの中の明かりが今度は真っ赤に変化する。見ると、例の裏方の男の子が、天井に向けた手持ち照明のスイッチを入れ、その前で赤いセロファンフィルムをひらひらと翳《かざ》していた。

並んでいる園児のうちの一人が、雰囲気に呑《の》まれて怖くなったのか、「いやーっ」と大きな声を上げて泣き始めた。

それをきっかけに、数か所で女の子を中心に、泣き声が上がり始める。

マイクを握っていた女の子は、少しだけ戸惑った表情を見せたが、やり切らなければとでも思ったのか、語りを続けた。

核爆弾投下の影響で徐々に弱っていく老夫婦を、迫力ありすぎる演出と淡々とした語りで、女の子は表現する。

子供たちの反応は、二種類だった。

内容が難しすぎて理解できないのか、すっかり退屈して床の上でごろごろしている子と、完全に怯《おび》えている子。涙と鼻水で顔をぐしゃぐしゃにし、半狂乱で、まだ迎えに来ていないお母さんを探している子もいた。仕方なく、担任と思しき保育士が、泣き叫ぶその子を抱え上げてホールの外に出て行く。

うちの子はどうしているだろうと、やっと暗がりに慣れてきた目で、座っている園児や学童の子供たちの中から、尚之の姿を探す。

退屈しているかと思いきや、尚之は揃《そろ》えた膝を抱えて座り、真剣な面持ちでプロジェクターが映す画像を見つめていた。

内容がわかるのだろうか。尚之なりに、何か考えるところがあるのだとしたら、尚之は遥子が思っているより、ずっと大人になってきているということだ。

物語の最後、老夫婦は、政府の指導に従って用意していたじゃがいも袋を頭から被《かぶ》り、まだ助かると信じて神に祈りを捧《ささ》げる。

女の子も、用意していた大きな紙の袋を、物語と同様、頭からすっぽり被って、それ越しに最後の祈りを語った。

地味顔の少年が、エンディングに合わせて何やら悲しげな曲を流して、読み聞かせは終わった。

保育園の職員が天井の蛍光灯のスイッチを入れると、ホールの中が白々しく照らし出される。

退屈している子、呆然《ぼうぜん》としている子、顔を手で覆ってしくしくと泣いている子、子供たちの様子はさまざまだった。

壁際に立っている職員や保護者たちは、まばらに拍手しながら、一様に苦笑いを浮かべている。

重くて気まずい雰囲気の中、マイクを握っていた女の子は、紙袋を被ったまま一礼し、壇上から降りた。

「えーと、怖い話だったね。猪俣麻美《いのまたあさみ》さん、ありがとうございました。ほら、そこの君、泣かないで。大丈夫だからね」

司会と思しき三十代くらいの男の人が入れ替わりに壇上に立ち、場の空気を取り繕うように笑顔を振りまきながら言う。

「この後は、飛び入り参加の有村敬作《ありむらけいさく》さんです。みんなは詩吟《しぎん》って知ってるかな？　では、はりきってどうぞ」

司会の男に呼び込まれた老人が、気持ち良さそうに吟じ始めると、会場内には更に微妙な空気が流れ始めた。

尚之が、背後に座っている遥子に気がついた。

小さく手招きし、尚之を呼び寄せると、遥子はマイク越しに『川中島』の一節が響き始めたホールから出た。

「さっきのお姉さんがやっていたお話、どうだった？」

「うん。面白かった。面白かったって言っていいのかどうかわからないけど」

尚之の頭を撫《な》でてやり、ランドセルなどの荷物を取りに学童ルームに戻ると、先ほど、壇上に立っていた女の子が、部屋の隅で、顔を伏せて膝を抱えていた。

「だから俺は、『かいじゅうたちのいるところ』にしとけって言ったんだ」

傍らでは、裏方をやっていた地味顔の少年が、慰めるでもなく責めるように女の子に向かって言っている。

「あとお前、凝り過ぎなんだよ。いや、やり過ぎ」

「うるさい。黙れ馬鹿」

顔を伏せたまま、女の子が言う。

「あの……」

ちょっとだけ迷ったが、女の子が落ち込んでいるようだったので、遥子は声を掛けることにした。

女の子が顔を上げる。司会の人は、確か猪俣麻美と言っていた。

「とても良かったわ。ありがとう」

一瞬、意味がわからないといった表情を浮かべ、麻美は傍らの男の子と顔を見合わせた。

「すごく頑張ってくれたのね。プロジェクターを使ったり、効果音とか小道具を用意したり……」

「こいつ、読み聞かせ用に脚色した台本まで書いたんですよ。試験休み中だってのに、こっちまで準備やら練習やらに駆り出されて……」

麻美がすっくと立ち上がり、男の子の言葉を遮って、その首筋に鋭いチョップを叩《たた》き込んだ。

男の子が「うおっ」と声を上げ、お笑い芸人のような大袈裟《おおげさ》なリアクションを取ってその場に倒れ込む。それを見て、尚之が声を上げて笑った。

「こ、こちらこそ、ありがとうございます」

麻美が、丁寧に頭を下げてくる。

「私はあの絵本、アニメの方を見たのよ」

そう言って遥子は、麻美に向かって微笑んだ。

「ああ、いたいた。麻美ちゃん、お疲れ様。それから毅《たけし》くんも」

声がして、学童ルームに、先ほど司会をしていた男の人が入ってきた。

どうやら麻美の連れの地味顔の少年は、毅という名前らしい。

「えーと、違っていたらすみません。小林……遥子さんですよね」

入ってきた男は、続けてこちらを見てそう言った。

何で名前を知っているのかと訝しく思いながら、遥子は頷《うなず》く。

「よかった。もう帰っちゃったかもしれないと……」

「何ですか？」

「ああ、すみません。僕は自治会の副会長をやっている甲田《こうだ》といいます。お父さんには
いつもお世話に……」

それでわかった。父が言っていた、自治会の若い役員だ。この読み聞かせ会も、彼が主催していたのだろう。

「ああ、こちらこそ父が……」

簡単な挨拶《あいさつ》を交わすと、早速、甲田は用件を切り出してきた。

「実は、この保育園の裏にある倉庫を間借りしていまして、自治会の荷物やら資料やらが置いてあるんですが、近く倉庫を取り壊すらしくて」

「はあ」

話が見えず、遥子は曖昧《あいまい》な返事をする。

「読み聞かせのイベントが終わったら、それを引き揚げる予定だったんですが……」

甲田の話によると、引き揚げた荷物を一時的に保管するため、自治会長である遥子の父の家に持って行く予定だったが、連絡の行き違いで出掛けてしまったらしい。携帯電話で連絡を取ったところ、娘である遥子が、学童の送り迎えで保育園に来る筈だから、鍵を借りて荷物を家の中に入れておいてくれという話になったという。

「一緒に団地の遠野《とおの》さん宅まで行ってもらうことになりますけど……」

遠慮がちな口調で甲田が言った。遥子が身重だからだろう。遠野というのは遥子の旧姓だ。

「私も手伝います」

横で話を聞いていた麻美が、そう言った。

「そう？　助かるよ、ありがとう」

甲田が言う。

「じゃあ俺はこれで」

そう言って立ち去ろうとする毅の臑《すね》を、麻美が軽く蹴《け》り上げる。

「痛《いて》えな。蹴るなよ」

「男手なんだから手伝いなよ」

「ふざけんなよ。今からオーディオとか照明を返しに行ったり、お前が作った変な小道具とか、全部、チャリで運んで片付けなきゃならないんだぞ」

毅が抗議する。

「仲良いのね」

二人のやり取りが微笑ましくて、思わず遥子はそう言った。

「いえ、仲良くはないです」

毅の方が先に否定し、麻美が頷いた。

「大丈夫だよ。大して重いものはないし、台車も借りるから」

甲田がそう言うと、毅は、ほらみろというような表情をして、「じゃーな」と麻美に告げ、さっさと学童ルームから出て行った。

「危ないから気をつけなさいよ」

保育園のすぐ裏に隣接する倉庫の中に入ると、遥子は尚之に注意を促した。
七、八坪ほどの広さしかない狭い倉庫の中には、運動会で使う大玉や、白テントのシートや骨組みなどの、保育園の備品が置かれている。天井も壁も木の骨組みが剝《む》き出しの木造の倉庫だった。
床はコンクリートの土間で、壁と屋根を覆っているトタンの波板は何度か付け替えられているようだったが、やはりどこか埃《ほこり》っぽく、造りには古さが感じられた。

建坪が狭い分、スペースを広げようと思ったのか、屋根を支える梁《はり》は高く、一部がロフトのように中二階になっている。安全のためか、中二階への昇降口は、梯子《はしご》ではなく、手作り感のある木製の螺旋《らせん》階段になっていた。

「小林さんは下で待っていてください。荷物は段ボール箱に二つくらいだから、麻美ちゃん、下で受け取ってくれるかな」

甲田はそう言うと、螺旋階段を中二階に上がって行った。その後ろを、尚之がちょこちょこと付いていく。端《はた》で見ると、ずいぶんと揺れる階段で、大丈夫なのかと少し心配になる。

荷物の上げ下ろし用に、天井には電動のウィンチが設置されていた。自治会の資料などが入った段ボール箱が、十分とかからずにあっさりと下階の土間に降ろされる。

階下に戻ってきた甲田が、箱を開いて中身を改めている間、はしゃいだ尚之が、麻美と一緒に中二階の探検を始めた。尚之が螺旋階段を昇ったり降りたりするところを、麻美が笑いながら、スマホで撮影している。

台車を持ってくるからと、甲田が倉庫を出て行くと、遥子は懐かしい気持ちで倉庫の天井を見上げた。

ここに来るまで、すっかり忘れていたが、この倉庫は遥子自身が保育園に通っていた頃からあって、当時は鍵も掛かっていなかったから、よく忍び込んで遊んでいた。

最初は中二階に上がる階段はなくて、梯子が設置されていたが、倉庫に入って遊んでいた子供の一人が滑り落ち、足を骨折する事故があった。それから梯子を螺旋階段に付け替え、子供が入れないように倉庫の扉はダイヤル錠で戸締まりされるようになったのだ。

「ナオくん、もう行くよ」

遥子が声を掛けると、尚之が素直に「はーい」と声を上げ、中二階から降りてきた。

上下に揺れる螺旋階段を眺めながら、遥子は何だか違和感を覚えていたが、その正体はわからなかった。

2

「ほら、フェジョアーダだ。ブラジル料理だぞ！」

圧力鍋をテーブルの上に置きながら、エプロン姿の夫の昭彦がそう言った。

尚之が、嬉《うれ》しげにわあーっと声を上げる。

男の人らしいというか、冷蔵庫の中に残っている食材は使わずに、わざわざこの料理のために買い出しした材料で作ったらしい。それでもまあ、以前なら昭彦が仕事から早く帰ってきて、キッチンで豆や肉を煮るなんてことは考えられなかったから、痛し痒《かゆ》しで遥子は苦笑いした。

今日は尚之を迎えに行った後、保育園裏の倉庫に行ったり、持ち出した資料を団地に住む両親の家に運んだりしていたので、遥子の方が遅くなってしまった。

このところ、夫の昭彦は仕事が早く終わったり残業がなかったりすると、飲みに行くこともなく真《ま》っ直《す》ぐ帰ってくる。臨月が近くなった遥子の代わりに食事の準備や掃除などの家事も手伝ってくれるようになった。

昭彦が圧力鍋の弁を開くと、白い水蒸気が天井に向かって勢いよく噴き上がり、尚之が驚いたような声を上げた。

別に無理して家庭優先にしなくてもいいのにと遥子が言うと、昭彦はいつも、好きでやっているだけだからと言って笑う。

昭彦が料理を取り分け、ご飯をよそって夕食が始まった。

食べながら尚之が語る、保育園の学童クラブで体験した読み聞かせのことや、その後に保育園裏の倉庫に行った話題などに、昭彦は熱心に耳を傾けている。

以前は、三人で一緒に夕食のテーブルを囲むことも稀《まれ》だったから、まるで食卓に花が咲いたかのようだった。

「ちょっとね、大事な話があるんだけど」

そう昭彦が切り出したのは、食事が終わり、尚之がリビングのソファに座って、毎週楽しみにしている『ディテクティブ・クラブ』という少年探偵団風のアニメを観始《みはじ》めた時だった。

「実は、独立しようと思っているんだ」

軽い調子を装っているが、言葉は真剣さを孕《はら》んでいた。

「どういうこと?」

「会社で今、早期退職者を募集していて、それに応募すれば退職金とか、かなり有利な条件で辞められるんだ。それを元にして、会社の仲間と事務所を構えようと考えている」

昭彦は一部上場の大手ゼネコンの設計部に勤めており、一級建築士の資格も持っている。

このところ、以前に比べて残業などが減ったとは感じていたが、それと昭彦の独立の話が関連しているのかはわからない。

突然のことに、遥子が言葉を詰まらせていると、昭彦は矢継ぎ早に言葉を放ってくる。曰《いわ》く、このまま勤め人を続けていても先は知れているし、数年後に同じような好条件で退職できるとは限らない。大手ゼネコンの倒産も相次いでいるから、サラリーマンでも、今後も安泰だという保証はない。二人目も生まれてくることだし、収入アップや、子育てに関われる時間が取れるようにしたい、などなど。

以前の遥子なら、即反対、独立するなら離婚と言っていただろうが、今は、昭彦のことを妻として支えてあげたいという気持ちも芽生えてはいる。だが、夫婦二人だけならともかく、尚之がいて、新たに赤ちゃんが生まれることも考えると、すぐに首肯《しゆこう》することはできなかった。

昭彦とは職場結婚だから、一級建築士の資格を持っていれば、一生食いっぱぐれないと言われた時代があったのも遥子は知っているが、この不景気では、そう甘い見通しも立たないだろう。

肯定も否定もせず、押し黙っている遥子が何か言うのを、根気よく昭彦は待っている。

その空気が、却《かえ》ってつらかった。答えを求めるように、遥子は大きくなったお腹を、ゆっくりと手で擦《さす》る。

「ねえねえ、お父さん、これ見て」

黙ったままの二人の間に割り込んでくるように、尚之がダイニングテーブルに身を乗り出してきた。

気がつくと、尚之のお気に入りのアニメは、エンディングテーマを奏でている。

「お、上手《うま》いじゃないか」

尚之の手には、折り込みチラシの裏にマジックで描かれた、あの裏倉庫の螺旋階段の絵があった。

二人の間に流れる重い雰囲気を感じ取って、大急ぎで描いて持ってきたのだろう。昭彦が気づいているかどうかはわからないが、幼い頃から夫婦間の小さな喧嘩《けんか》を見せて育ててしまったせいで、子供なりに気を遣うことを覚えさせてしまった。

「後片付け、私がやるね」

心の中で、尚之に「ごめんね」と言いながら、遥子は場の空気を取り繕うように、努めて明るい声で言った。

「いや、それは僕が……」

尚之を膝に乗せた昭彦が言う。

「私だって、少しくらいは体を動かさないと。尚之の相手してあげて」

そう言って遥子はキッチンに向かった。

「これは何の絵？　マカロニ？」

「違うよ！　さっき話していた、保育園の裏の倉庫の階段」

「そうか。ごめんごめん」

スポンジに泡を立てながら、遥子は背後で交わされる昭彦と尚之の会話を聞く。

結局、その日は何か答えを返すこともなく、独立の話はうやむやのままになってしまった。


その夜、遥子は夢を見た。

遥子はまだ小さな子供だった。保育園の園庭で遊んでいる遥子の耳に、釘《くぎ》を打つトンカントンカンという音が聞こえてくる。

縄跳びや鬼ごっこで遊ぶ園児たちの間を、遥子はこっそりと裏倉庫に向かう。

梯子での事故が起こる前、鍵が掛かっていなかった時は、ずっと遥子は倉庫を遊び場にしていた。その倉庫がどうなってしまうのか、気に掛かっていた。

保育園の建物の壁伝いに人気《ひとけ》のない裏手に回ると、隣接する小学校のフェンスとの狭い隙間《すきま》に、材料と思しき木材が置かれていた。

半開きになった扉の間から中を覗くと、大工さんが一人で仕事をしていた。白いTシャツに、作業用のズボンを穿《は》いて、腰のベルトには、あれこれと七つ道具の入った袋やケースをぶら下げている。足元は地下足袋《じかたび》だった。

気配に気づいたのか、大工さんが遥子の方を振り向いた。髪の毛は真っ白で、口元も豊かな白髭《しらひげ》で覆われている。棟梁《とうりよう》といった雰囲気の老人だった。

「入ってきたら危ないよ」

怒られるかと思ったが、棟梁は優しい声でそう言った。

「何を作ってるの」

「階段さ」

そう言って棟梁は、手近に置かれた材料の上に腰掛け、ポケットから煙草《たばこ》を取り出して、一服を始めてしまった。

子供が近くにいては危ないと思って、手を止めたのだろう。

作業しているところを見たかった遥子は、がっかりした。

土間になっている倉庫の床の上には青いシートが敷かれており、その上に、切り出された材料と、おがくずが散らばっている。

置かれている道具は、見たところ金槌《かなづち》と鋸《のこぎり》とT字形の定規だけだった。

「どんな階段ができるの」

倉庫の入口から、ちょこんと顔だけ出して覗き込み、遥子は言う。

「これが難題なんだ。いや、難しいって意味さ」

保育園児にもわかる言葉を選んで言い直し、棟梁は煙を吐き出した。

「狭いから、真っ直ぐな階段は作れない。無理に収めようとすれば、急角度になってしまって、それでは梯子と同じだ。折り返しの階段を作ろうにも、今度は踊り場をつくるスペースがない」

煙草を燻《くゆ》らせて中二階を見上げながら、棟梁は、今度は自分に語りかけるようにそう言った。どちらかというと、楽しげな口調だった。

「注文の最優先事項は安全であること。それから、余っている材料で安上がりにやって欲しいっていう希望だ。だから支えにする太い通し柱とか鉄パイプとかの新しい材料は買えない。無理を言ってくれるよ。階段なんて、他の仕事の片手間に、ちょこちょこっと作れると思ってるんだな」

そう言って棟梁は声を上げて笑い、吸い殻を足元に捨てて地下足袋の裏で踏み消した。

「どうするの？」

棟梁の言っていることの半分くらいは理解できなかったが、遥子はそう問うた。

「さてね。何とかするさ。梯子から落ちて子供が怪我《けが》したなんて話をされて、予算がないから手弁当で何とかしてくれと泣きつかれたら、おじさんはお人好《ひとよ》しだから断れないんだ」

そう棟梁が言った時、園の方から、室内に戻るのを促すチャイムと放送が聞こえた。

「お、もうそんな時間か」

棟梁はそう言うと立ち上がり、周囲の材料や道具を片付け始めた。

どうやら昼休みの短い時間だけ、どこか近くの現場から通ってきているらしい。誰かに頼まれて、無償で階段の取り付け工事を請け負っているような様子だった。

それから階段が完成するまで、十日かかったのか、一か月かかったのかは、記憶がはっきりとしない。

ただ、遥子は倉庫の方から金槌で釘を打つ音や、鋸を引く音が聞こえてくると、気になってしまい、その度《たび》に覗きに行った。

倉庫に近づいて行くと気配でわかるのか、扉の隙間から覗き込むと、棟梁は必ず、手を休めて煙草を吸っているか、自前のポットの蓋《ふた》にお茶を注いで飲んでいた。

きっと作業の邪魔だった筈なのに、いつも棟梁は笑って、また来たねと遥子に優しい声を掛けてくれた。

そういえば、材料の切れ端で作った小さな汽車の玩具《おもちゃ》をもらったこともあった。子供好きの人だったのかもしれない。あの汽車の玩具、どうしたっけ……。

そこで遥子は目を覚ました。

脳味噌《のうみそ》の芯《しん》の部分が痺《しび》れたようにだるく、頭が重かった。

傍らでは、尚之が寝息を立てていた。向こうにある、もう一台のベッドでは、昭彦がこちらに背中を向けて鼾《いびき》を搔《か》いている。

枕元の時計を見ると、深夜の二時過ぎだった。このところは眠りが深かったから、夢を見るのも、こんな中途半端な時間に目を覚ますのも、久しぶりだ。

尿意を覚え、億劫《おっくう》に思いながらも遥子はベッドから体を起こした。

お腹を片手で支えるようにしながら部屋を出ると、リビングの電気をつけてトイレに向かう。

用を足すと、キッチンへ行き、コップに水を注いで飲んだ。冷たい水が、食道から胃に下りてくる。

寝室に戻ろうとしたところで、ダイニングテーブルの上に置かれたままの、尚之が描いた絵が目に入った。

昭彦は、マカロニみたいって言って、尚之に怒られていたっけ……。

その時の会話を遥子は思い出す。マカロニとはいっても、空洞の管状になっているそれではなく、フジッリとかカールとか呼ばれる、螺旋状に捻《ひね》った形のものを連想して、昭彦は言ったようだ。

そして遥子は、やっとあの螺旋階段を見た時に覚えた違和感の正体に気がついた。

あの螺旋階段には、支柱がないのだ。

3

突然にそれはやってきた。

そろそろ学童クラブに尚之を迎えに行かなければと、壁に掛けられた時計を気にしながら、遥子はベランダに干していた洗濯物を取り込んでいた。

不意に、股の間にぬるりとしたものを感じた。

見ると、フローリングの床の上に、水滴が点々と落ちている。

慌ててマタニティウェアの裾を捲《まく》り、遥子は大きく膨らんだお腹越しに手を伸ばし、下半身を覆っているインナーに触れた。クロッチの部分が濡《ぬ》れており、内股を液体が伝い落ちている。

——破水だ。

そう直感した。

予定日までは、まだ二週間ほどあった。

万が一の時のために、タクシー会社を調べておかないとね、などと、つい昨晩も昭彦と話し合ったばかりだった。

何の前触れもなく始まったので、遥子はすっかり狼狽《うろた》えてしまった。

破水が起こったからといって、すぐに生まれてくるわけではないのは頭ではわかっていたが、尚之を産んだ時とは、まったく状況が違う。

取り込んだばかりのバスタオルと、母子手帳と財布を手にすると、遥子は病院へ向かうタクシーを拾うために家を出た。

電話帳やインターネットで、最寄《もよ》りのタクシー会社を探している暇があったら、表通りに出て拾ってしまった方が、ずっと早い。

冷静に、冷静に、と逸《はや》る気持ちを抑えながら、幹線道路までの一分ほどの道のりを、十倍もの距離に感じながら歩いて行く。

幸いに、空車が一台、すぐに通り掛かった。遥子は手を挙げてそれを止めると、行きつけの産婦人科病院の名前を告げた。

「破水ですか？」

なりふり構っていられず、遥子はマタニティウェアの裾から、中にバスタオルを突っ込んで股間に当てていた。その尋常でない様子に年輩の運転手が気づき、ルームミラー越しにそう聞いてきた。

「はい。あの……」

破水しているにも拘《かか》わらず、シートが汚れるからという理由でタクシーに乗車拒否され、死産した妊婦の話を何かで読んだことがあったので、遥子は不安に駆られた。

「わかりました。安全運転で行きますよ」

だが、運転手は後部座席のドアを閉めると、使命感に燃えたような声でそう言い、静かに車を発車させた。どうやら良い運転手さんだったようだ。

ひと先《ま》ずほっとして、遥子はシートに体を預けた。

今のうちに昭彦に連絡を取ろうと思い、うっかりして携帯電話を置き忘れてきたことに気がついた。

学童クラブに尚之を迎えに行く時間も過ぎている。

自分が緊急事態の最中なのに、どういうわけかそんなことが気に掛かり、気持ちばかりが焦《あせ》る。

二十分ほどで病院に到着し、お礼も含めて、お釣りはいりませんと五千円札を運転手に渡して遥子はタクシーを降りた。

外来で来意を告げ、担当医の診察を受けたが、まだ陣痛は来ていなかった。

部屋とベッドをあてがわれ、落ち着いたところで、母子手帳に緊急連絡先として昭彦の携帯番号をメモしていたことを思い出した。

公衆電話からの着信では出てくれないかもしれないな、と思いながらボタンを押したが、昭彦の方も虫が知らせたのか、三コールもしないうちにすぐに電話は繋《つな》がった。

「破水した」

遥子がそう言うと、受話器越しにも狼狽えた空気が伝わってきた。

「でも大丈夫。今、病院からだから」

「わかった。僕もすぐ、そちらに向かう」

「それよりも……」

遥子は病院の壁に掛けられた時計を見た。

尚之を迎えに行く時間を、もう一時間以上過ぎている。

外は徐々に暗くなってきていた。携帯電話にも自宅にも連絡がつかなくて、学童クラブの保育士さんは、きっと困っているだろう。

団地に住む両親に、尚之のお迎えに行ってもらえるよう、連絡を取って欲しいと昭彦に頼んだ。この後どうなるかわからないし、みんなで来られても精神的にしんどいから、病院には昭彦だけで来て欲しいと伝える。職場から直行すると言う昭彦に、一度、家に帰って戸締まりや火の元を確認した上で、必要なものをいくつか持って病院に来てくれるようお願いした。

遥子の口調が冷静だったからか、戸惑っていた昭彦も、話しているうちに落ち着きを取り戻したようだった。

電話を切ると、遥子は病室に戻った。

陣痛はまだ来ない。破水から十二時間経《た》っても陣痛が来ないようなら、胎児の感染症リスクが高まるので、陣痛促進剤を使うと医師から言われており、承諾書にもサインしていた。

尚之の時とは、何から何まで違っていた。

経過も順調で、なまじ出産経験があったせいで、すっかり油断していた。

少し休もうと、ベッドの上で遥子は目を閉じる。

瞼《まぶた》の裏に浮かんできたのは、昭彦の顔でも尚之の顔でもなく、どういうわけか、保育園の裏の倉庫で階段を作っていた、あの大工の棟梁の顔だった。

いつもの作業着姿で、心から安まるような優しい笑顔を浮かべている。

棟梁は遥子の膨らんだお腹の上に手を載せると、何か祝福の言葉のようなものを述べた。

「あら?」

瞼を開くと、そこにいたのは棟梁ではなく、昭彦だった。

お腹に手を載せて擦りながら、昭彦はずっとお腹の中の赤ちゃんに話し掛けていた。

4

「わあ、やっぱり生まれたばかりの赤ちゃんって、ちっちゃいですね」

リビングに置かれたベビーベッドを覗き込みながら、麻美が声を上げた。

「弟？　それとも妹？」

さらに麻美は、傍らに立っている尚之に、笑みを浮かべながらそう問う。

「妹！」

尚之が誇らしげに胸を張ってそう答えた。

赤ちゃんと一緒に病院を退院してから、もう一週間ほど経っていた。

幸いに陣痛促進剤を使うこともなく、入院したその日の夜半過ぎ、遥子は新しい命を産み落とした。

生まれたのは女の子で、予め遥子と昭彦と尚之の三人で相談していたとおり、茜《あかね》と名付けた。

保育園での読み聞かせの際に知り合った麻美には、生まれたら絶対に教えてくださいねと言われていたので、一応、メールで連絡したら本当にお祝いに来た。こういう遠慮のないところは、若い子らしくて微笑ましい。

「今回は、尚之が一番頑張ったのよね」

出産祝いにもらったメロンを切って盛りつけた皿を、リビングのテーブルの上に置きながら、遥子はそう言った。

「ドタバタしていて学童クラブに迎えに行くのが遅れちゃって、この子ったら、うちの両親が行った時、壁に畳を立てかけて、その中に籠もって待っていたのよ。世界の終わりだ、もう誰も迎えに来てくれないんだって」

「それって……」

麻美がちょっと困ったような顔をした。

『風が吹くとき』に出てくるシェルターだ。

主人公の老夫婦は、政府の指示に従って、家の窓を白いペンキで塗りたくり、外したドアを壁に立てかけて、その中を簡易シェルターにする。

「これからはお兄ちゃんなんだから、ナオくんもしっかりしないとね」

遥子がそう言うと、尚之は力強く頷いた。

ベビーベッドを覗き込むと、茜は眠っているようだった。

「えーと、ちょっといいかな」

そう言いながら、奥の部屋で片付けものなどをしていた昭彦が顔を出した。

「病院から引き揚げた荷物の中に、こんなのが入っていたんだけど、誰からいただいたものだかわかる？」

昭彦の手には、木で作られた汽車の玩具のようなものがあった。

テーブルの上に昭彦がそれを置くと、尚之が早速、興味を抱いて手に取った。

「さあ……覚えがないけど」

尚之が手にしているそれを見ながら、遥子は答える。

「そうか。じゃあ相部屋だった人の荷物が紛れ込んじゃったのかな？　大事なものだったらいけないから、後で病院に電話してみるよ」

昭彦もテーブルの上のメロンに手を伸ばす。

「木の玩具って、今、人気なんですよね」

「そうなの？」

メロンを口に放り込みながら、昭彦が麻美の言葉に応える。

「うちは貧乏だったから、家の中には親父《おやじ》が手作りしたこんな玩具ばっかりだったけどなあ……」

手にしてから、ほんの二分程度で飽きてしまい、尚之が放り出した玩具を、昭彦が拾い上げる。

「お父さんが玩具を手作りしてくれたんですか？　素敵じゃないですか」

麻美が言う。

「まあ、大工だったからね。うちの父親」

昭彦は木で作られた汽車をテーブルの上に置き、前後に動かしてみた。

「余った材料だけはいくらでもあったから、滑り台とか木馬も作ってくれたりしたよ」

「それ、逆に豪華じゃないですか」

そう言って麻美が笑う。

皿の上にあったメロンがなくなると、尚之が外で遊びたがり、頻《しき》りに麻美をサッカーの練習相手に誘った。

やめておきなさいと遥子は尚之に言ったが、麻美が承知してくれて、二人はボールを手に団地の中にある公園へと向かった。

「忘れ物や紛失の届けは出てないってさ。何か問い合わせがあったら連絡してくれるって」

キッチンで遥子が皿を洗っている最中、コードレスホンで病院に電話を掛けていた昭彦が、そう言った。

エプロンで手を拭《ふ》きながら遥子がリビングに戻ると、昭彦は木の玩具を、茜の枕元に、そっと置いていた。

昭彦と並び、遥子も一緒にベビーベッドの中を覗き込む。

「この玩具、よくできてる。子供が怪我をしないように、釘や金具を一切使わず、全部、木の削り出しだけで作られている」

「へえー」

茜は、汽車の玩具と寄り添うように寝息を立てていた。

「僕が子供の頃には、あんなにたくさん部屋の中に転がっていたのに、親父が作ってくれた玩具、一つも残っていないんだよな。何だか懐かしくなっちゃったよ」

しみじみとした口調で昭彦が言う。

「僕の家庭の事情は知ってるだろう？」

遥子は頷いた。

昭彦の実の両親は、彼がごく小さい時に離婚している。

母親の連れ子として、昭彦は大工をやっていた養父と出会った。昭彦が言う「親父」とは、この人のことだ。

だが、遥子はその人に会ったことはない。昭彦と知り合った時には、すでに他界されていて、結婚する時に聞かされたきりだった。

「子供の頃は裕福ではなかったけれど、母さんと再婚してからは、親父は家族のために、きっとがむしゃらに働いて腕を磨いたんだろうな。僕が中学校に進学する頃には、小さいけれど独立して工務店を経営していた」

「腕、良かったんでしょう？」

遥子がそう言うと、昭彦は少し嬉しそうな顔をして頷く。

「社寺工事も請け負っていて、遠くまで出張で呼ばれて仕事しているくらいだったから、相当に腕の良い大工だったんだと思うよ。生きていれば、いろいろと教えてもらえたんだろうけど……」

言葉の端々から、昭彦が心から養父を尊敬していたことが窺《うかが》える。

「本当は、親父の経営していた工務店を継ぎたかったんだ。血の繋がっていない僕を、親父は大学まで行かせてくれた。だから僕は、その期待に応えたくて建築学科で学び、修業のつもりで今の会社に就職したんだ」

そこで遥子と昭彦は出会った。

だが、昭彦が社会に出て間もなく、養父は他界してしまった。そう聞いている。

「尚之の時も思ったんだけどね。生きていたらきっと、孫の誕生を心から喜んでくれたと思うんだ。子供が好きな人だったからね」

昭彦は手を伸ばし、そっと茜の頬に触れた。

「ねえ、この前の話だけど」

何だか込み上げてくるものがあり、出産前に少し話しただけでうやむやになっていたことを、遥子は切り出した。

「独立、してもいいよ」

昭彦が驚いたような表情をして遥子を見る。

「本当かい」

「いざとなったら、私も働けばいいんだし」

そう言って遥子は笑う。

「そうはならないようにするよ」

「お願いしますよ。あなたのお父さんくらい、がむしゃらに頑張ってもらわないと」

遥子がそう答えた時、茜が目を覚まし、構って欲しそうに泣き始めた。

5

「これ、何か変じゃないか？」

昭彦がそんなことを言い出したのは、サッカーの練習に出掛けていた尚之と麻美が戻ってきて、先日、保育園裏の倉庫に行った時に撮ったスマホの画像を見ている時だった。

「やっぱりそう思う？　その螺旋階段、支柱がないのよね」

リビングのソファに座り、茜におっぱいをあげていた遥子がそう言うと、昭彦は「あっ」と声を上げた。

「そんなわけがない。きっと画像に写っていない部分で、壁に控えを取っているか、天井からワイヤーか何かで吊《つ》っている筈だ。でないと強度が……」

「動画もありますよ」

麻美がそう言い、スマホを操作して、動画を呼び出した。

三十秒ほどの短い動画が二本だけだったが、一本は螺旋階段を降りて行く尚之を中二階の手摺《てす》りから身を乗り出すようにして撮っており、もう一本は、はしゃいだ声を上げて螺旋階段を駆け上って行く尚之を追い掛けるようにして撮影している。

いずれもじっくりと螺旋階段の様子を撮っているわけではないが、昭彦の疑問を否定するには十分な映像だった。遥子の記憶でも、階段にそれらしい補強があった覚えはない。

「友だちに見せたら、これって『サンタフェの奇跡』じゃないのって言われたんですけど……」

眉間《みけん》に皺《しわ》を寄せて、何度も繰り返しその動画を見ている昭彦に向かって、麻美が言う。

「お友だちって、この間、読み聞かせの時に一緒にいた子？」

確か、名前は毅といったか。

「あ、はい、そうです」

麻美がこくんと首を縦に動かす。

「実在しているにも拘わらず、建築学的にあり得ない構造をしている螺旋階段だって言ってました」

「それは違う」

話を聞いていた昭彦が、スマホを麻美の手に返しながら言った。

「『サンタフェの奇跡』は、建築学的に不可能とか、物理的にあり得ないとかよく言われるけど、現存している以上、一級建築士的な立場で言うと、そうは言えない」

「昭彦さんって、建築のお仕事されてるんですか」

きょとんとした顔をしてスマホを受け取りながら言う麻美に、昭彦が頷く。

「うん。『サンタフェの奇跡』も、学生時代に写真か何かで見たことがあるよ。今の今までそんなの忘れてたけど……」

昭彦が言うには、『サンタフェの奇跡』というのは、米国のニューメキシコ州サンタフェにある教会の階段のことなのだそうだ。

教会の中二階に昇るために架けられたその木製の螺旋階段には支柱がなく、階段のステップとささら桁《げた》、底板の部分だけで曲線を描き、およそ二周して中二階に至っている。

建築学上は絶対にあり得ない構造をしていると言われており、強度的にも自立する筈がないのだが、実際には人が何人も同時に昇り降りでき、何十年にも亘って日常的に使われていた。つまり、図面や言い伝えだけが残っているというわけではなく、普通に考えてあり得ないものが実際に存在してしまっているという、困った代物《しろもの》なのだ。

そのため、建築を学んできた人間には、非常に有名な階段なのだという。

「ちょっと構造は違うけど、支柱のない螺旋階段なら、日本にもある。明治期に建築された『仁風閣《じんぷうかく》』という洋館にある階段だ。確か、場所は鳥取《とっとり》だったかな」

腕組みしながら昭彦が言う。

「それだったら、僕が前に絵に描いてみせたじゃない」

話を聞いていた尚之が、ダイニングテーブルの隅に、雑誌などと一緒に重ねて置いてあった絵を引っ張り出してきた。

「お父さんは、マカロニみたいって言ってたけど」

その尚之の頭を撫でてやりながら、昭彦が言う。

「ごめんよ。尚之は、ずいぶん本物に忠実に絵を描いていたんだな」

尚之は、どうだと言わんばかりに胸を張る。

「『サンタフェの奇跡』って、どこの誰が作ったのか謎《なぞ》なんですよね」

「そうらしいね」

マジックで描かれた尚之の絵を眺めながら昭彦が答える。

「友だちの話だと、教会では現世に降臨した聖ヨセフの手によるものだって信じられているらしいですよ」

「それは初めて聞いたな。ヨセフってキリストの父親だっけ？　何で聖人が階段を作るんだ」

「だってヨセフの職業って大工ですよ。それから、マリアは処女懐胎だから、正確にはヨセフは父親ではなく養父になるらしいです」

遥子と昭彦は、思わず顔を見合わせた。

再び昭彦は、尚之の描いた絵に目を落とす。

「一級建築士的な立場で言うと、実在しているものを、物理的にあり得ないなんて言うのはナンセンスなんだ。だが、理論上では可能であるということと、それを実際に作ってしまうというのは、わけが違う。例えば、理論上は時間移動が可能であっても、それでタイムマシンが作れるわけではないのと一緒だ。実物を見ないことには、どうも解《げ》せない……」

「じゃあ見に行く？」

茜の背中をぽんぽんと叩いてげっぷさせながら、遥子は言った。

「歩いて十分くらいだけど」

その時、玄関のチャイムが鳴った。

孫の顔を見に来た両親に、尚之と茜の世話を頼むと、遥子と昭彦は連れ立って、軽い散歩のような足取りで保育園裏の倉庫に向かった。

「スマホの動画を見せたら、私の友だちも興奮して、いろいろ調べたみたいです」

遥子たちが家を出たついでに、麻美も団地にある自宅に帰るため、一緒に付いてきた。

「何かわかった？」

遥子がそう言うと、麻美は肩を竦《すく》めてみせた。

「誰が作ったのか調べていたみたいですけど、三十年以上も前の話だから、どうも『不知森《しらずもり》』の神社に来ていた大工さんに、格安で請け負ってもらったみたいだってことしか……」

三十年も前のことを、そこまで調べられたのなら、大したものだ。どうやらあの毅という少年は、裏方だけでなく探偵としても優秀らしい。

保育園に向かう途中の団地の棟の前で麻美とは別れ、夕暮れの迫りつつある団地の中の道を、遥子と昭彦は歩いて行く。

倉庫のあった場所を訪れると、すでに取り壊しは終わっていて、螺旋階段どころか建物すら跡形もなく、更地《さらち》になっていた。

さぞやがっかりしているだろうと思いきや、昭彦は意外とさっぱりとした表情をしている。

「価値のわからない人にとっては、ただの古い螺旋階段だったたってことかな」

更地になった倉庫跡に立ち、苦笑いして遥子の方を振り向きながら昭彦は言った。

「ねえ、その螺旋階段を作ったのって、もしかしたら……」

何の根拠もなかったが、幼い時に出会ったあの棟梁は、昭彦の養父なのではないかと遥子は思っていた。

「いや、そんな偶然がそうそうあるとも思えないけど、何だか親父に、お前はまだまだだと言われて舌でも出されたような気分だよ」

そう言って昭彦は笑った。

「帰ろうか」

団地の中の道を、二人は再び我が家に向かって歩いて行く。

知らぬ間に、どちらからともなく手を繋いでいた。

団地の窓の多くに、明かりが灯《とも》っている。もうすぐ夕ごはんの時間だ。我が家の窓も、外から見るとあんなふうに温かく映っているのだろうか。

「病院からの荷物にまざっていた、あの木の玩具、誰が置いていったんだろう……」

ふと、遥子はそう口にしていた。

「独立を君に認めさせたくて、あんな話をするためにわざと僕が置いたのだとしたらどうする？」

「そうなの？」

遥子は下から昭彦の顔を覗き込む。

「そんなに周到じゃないよ」

昭彦は肩を竦める。

「じゃあ……」

「まさか君は、死んだ筈の僕の親父が、ふらりと現れて置いていったとでも思うのかい」

「どっちでもいいわ。もう独立は認めるって言っちゃったし、子供たちのためにも頑張ってもらわないと」

「聖ヨセフに誓って、幸せにするよ」

改まった様子で言う昭彦の横顔に、あの倉庫で階段を作っていた棟梁の姿が重なる。

「あなたってクリスチャンだったっけ？」

「違うよ」

昭彦がそう言い、遥子は堪《こら》えきれず笑い出した。

少年時代の終わり

1

「食らいつけ！」

パスを繰り出した相手を指差し、城島一太《じょうしまいった》が声を張り上げると、一太よりも二級下で、小学四年生の小林尚之《こばやしなおゆき》が、そちらに向かって走り出した。

懐に潜り込まれまいと、両手を大きく広げてガードする相手に、尚之は怯《ひる》むことなく挑んで行く。

以前は相手が上級生だったり、体の大きい子だったりすると躊躇《ちゅうちょ》して足が止まっていたものが、物怖《ものお》じしなくなった。

「あっ」

再び一太にパスを返そうとするクラスメートの裕哉《ゆうや》のボールを、尚之は上手《うま》くカットして奪った。

「いいぞ！」

嬉《うれ》しくて一太は声を上げる。

ドリブルしながら逃げて行く尚之が、ちらりと一太の方を振り向いて、得意げな笑みを浮かべた。

「尚之は、今日は、どーすんの？」

団地内にある公園で、三人だけでパスとカットの練習をしていた一太は、裕哉が帰ると、尚之にそう声を掛けた。

「何もないけど」

「じゃあ、朝メシ食ったら虫捕りに行こうぜ」

本当はもうちょっとサッカーの練習をしたかったのだが、ボールは裕哉が持参してきたものを使っていたので、仕方がない。

同じ小学校に通っている一太と尚之は、夏休みに入ってからは、毎朝、公園で行われているラジオ体操に参加しており、その後は、一時間ほど一緒にサッカーの練習をしてから帰る。

子供の早起きを嫌がる家は結構多く、一太も裕哉も、なるべくサッカーの練習をしてから帰ってこいと言われている。だが尚之は、覚えたてのサッカーが純粋に面白いらしく、いつも一太と一緒に最後まで残っている。

「虫って何」

「カブトムシとコクワ。あとラッキーだとノコクワとか」

一太がそう言うと、尚之は目を輝かせた。コクワとはコクワガタ、ノコクワとはノコギリクワガタのことだ。

「尚之は引っ越してきたばかりだから知らないだろうけどさ、いい場所があるんだ」

「どこ？」

「神社の裏。『ひょうたん島』ってとこ」

一太がそう言うと、どういうわけか、尚之はちょっと困った顔をして首を左右に振った。

「じゃあ無理」

「何で」

「そこは絶対に行っちゃ駄目って言われてるから」

神社の裏にある、『ひょうたん島』と呼ばれている鎮守《ちんじゅ》の森が、立入禁止になっているのは一太も知っている。

でも、そんなのを守っている子供はいない。ぎんなん拾いの大人だって見かけるし、エロ本やビデオテープが捨ててあるのを見かけたりすることもあるから、立入禁止のわりには、けっこう人の出入りがある場所だ。

仮に神社の人に見つかったとしても、やんわりと注意されて帰らされるだけで、家や学校に連絡されたという話も聞かない。

「大丈夫だよ」

そのことを気にしているのかと思い、一太はもう一度尚之を誘ったが、どうやらちょっと違うようだ。

「前に、あそこで神隠しがあったよね」

「そんなの噂《うわさ》か、ただの迷子だろ」

「あれ、僕」

「マジで？」

昨年の夏頃、警察が捜索《そうさく》に出動するような子供の行方不明騒ぎがあった。

結局、狂言だったらしいと、お父さんとお母さんは話していたが、目の前にいる尚之がその当事者だったというのは初めて知った。

「神隠しって本当かよ。どこ行ってたの？」

一太の頭の中に思い浮かんできたのは、昨晩、テレビでやっていた夏休みスペシャル番組だった。

世界の怪奇現象を追う、というような番組で、若手のお笑い芸人がレポーター役で、海外に取材ロケに行くという内容のものだ。

その中の一つに、メキシコの農場で宇宙人に誘拐《ゆうかい》された男の話題があった。アブダクションとかいう現象で、時には頭の中に、謎《なぞ》の機械を埋め込まれるようなことがあるとも言っていた。

尚之は、必死に身振り手振りで神隠しに遭った時のことを一太に説明したが、話が入り組んだり前後したりで、よくは伝わらなかった。

どうやら過去の団地に迷い込んだらしいということと、帰る際に、かくれんぼのように、「もういいかい、もういいかい」と誰かに声を掛けてもらい、「まあだだよ」と答えながら相手に捜《さが》してもらわないといけない、ということだけはわかった。

注意しなければならないのは「もういいよ」と答えてしまうと、戻れなくなってしまうらしく、それを聞いた時は、少しだけ一太も背筋がぞっとした。

「じゃあ虫捕りは一人で行くよ。たくさん捕れたら、後で分けてやるから」

尚之は、頻《しき》りにやめておいた方がいいよと止めようとしたが、一太は聞く耳を持たなかった。

早足で、自分が住む北1号棟に帰り、スチール製のドアを開くと、トーストを焼く匂いがした。

「ただいま」

ダイニングを覗《のぞ》き込むと、キッチンに立って朝食の用意をしているのは、父の城島秀《ひで》雄《お》だった。

「おう、もうすぐできるから、座って待ってろよ」

ティファールの電気ケトルから、コーヒーのドリッパーにお湯を注ぎながら、秀雄が言う。

「お母さんは」

「夜勤明けだからまだ寝てる」

母親の伊佐子《いさこ》は、近くの病院に勤めている看護師で、忙しいのか、いつもシフトが定まらない。

父の秀雄は、家でウェブデザインなどの仕事をしており、打ち合わせなどで出掛ける時以外は、だいたい家にいる。そのため、秀雄が朝食を用意する日も多かった。

「汗掻《か》いたろ。着替えたら?」

「いや、この後、また虫捕りに行くからいい」

インスタントのコーンスープに、トーストを浸《ひた》して食べながら一太は言う。

すぐにまた汚れるからという意味でそう言ったのだが、ワールドカップ日本代表が着ていた、この青いユニフォームを一太は気に入っていた。

無理にお願いして買ってもらったもので、毎日でも着たいと思っている。日本代表は一次リーグを勝ち抜けなかったけれど、自分は選手たち全員を尊敬していると、一太は国語の作文の宿題でも書いた。

「じゃ、行ってくる」

一太は、玄関に立てかけてある捕虫網と虫カゴを手に、外に飛び出した。団地の棟の前にある自転車置き場から、自分用のミニベロタイプの自転車を取り出すと、捕虫網片手に漕《こ》ぎ出した。

まだ朝の九時前だから、風は涼しい。

午後になれば、周囲の空気を掻き回すほどに激しくなる蟬《せみ》の鳴き声も、今はまだ小さくまばらだ。

虫捕りが終わったら、午前中に夏休みの宿題のドリルをやる。お昼ごはんを食べたら友だちと市民プールに行く予定だ。その帰りがけには、遊び終わった携帯ゲーム機のソフトを貸し借りするために、同じ団地に住んでいるクラスメートの家に寄らなければならない。毎週楽しみにしているアニメは夕方から。今日も予定はいっぱいで、忙しい。

団地を出て大通りを渡り、神社の大鳥居を迂回《うかい》して裏手に回ると、苔《こけ》で緑色に変色した石玉垣が見えてきた。

参道があり、石造りの小さな鳥居も立っているが、石玉垣はぐるりと切れ目なく『ひょうたん島』を囲んでいる。

とはいっても、高さはせいぜい一メートルといったところで、子供の一太でも容易に乗り越えることができる。その先には頂上へと続く細い道があった。舗装《ほそう》された道ではなく踏み固められた道だ。これだけでも、この禁足地への出入りが多いことがわかる。

クヌギやコナラが多く生えている場所は、近所に住む子供たちはみんな知っている。誰か先客がいるのではないかと思っていたが、幸運にも他には誰もいなかった。

樹液の出ている場所を探すと、集まっているのはカナブンばかりだった。

一太は、ちぇっと舌打ちする。

カナブンしかいないということは、もうカブトムシやクワガタが樹液を啜《すす》る時間は終わってしまったということだ。経験的に言って、カナブンが大漁の日に、カブトやクワのいいのが捕れたことは殆《ほとん》どない。

そこで一太は作戦を変えることにした。捕虫網の柄の部分を使って、木の根元に堆積した落ち葉を払いのける。

シロートは、木ばかり見て足元を見ないが、時合いが過ぎてしまった場合は、樹液が滲《し》みて他の虫が集まっている木の根元を探すのがセオリーだ。学校のクラスではクワハンターと呼ばれている一太だが、この秘密は誰にも教えていない。尚之が一緒なら、こっそり伝授してやるのにと、少し残念に思った。一太には弟がいないから、尚之のことをちょっと弟のように思っているのだ。

樹液を啜り終わって満腹になったカブトムシやクワガタは、日中は土の中に潜ってじっとしている。たいていは最後に餌場《えさば》にした木の根元だ。今はまだ午前中だから、そんなに深くは潜っていない。運が良ければ、枯れた落ち葉を払いのけるだけで、二、三匹、慌てて這《は》い出してきたのを捕まえることができる時がある。

案の定、落ち葉の下に隠れていた一匹を見つけて一太はそれを拾い上げた。

何だ、メスか。

がっかりして一太は、それを手近の落ち葉の山に放り投げた。

クワガタのメスはオスと違って顎《あご》が小さく、色は光沢のある黒色をしている。大きさ的にも、ぱっと見、ゴキブリに似ているので、持って帰るとお母さんに怒られる。

そうでなくてもお母さんは、一太が虫や生き物を飼ったりするのを嫌がるのだ。

以前にもベランダでこっそりカメを飼っているのを見つかって、お父さんと一緒に近くの溜池《ためいけ》に逃がしに行ったことがあった。

めぼしい木をいくつか当たってみたが、今日はこれといった獲物がなかった。こんなことは珍しい。

諦《あきら》めて帰ろうと、一太が道から外れたコナラ林から、入口の方へと下りて行く細い道へと足を向けた時だった。

人の気配があり、思わず一太は手近の木に身を隠した。

頂上から駆け下りてきた人影が、一太のすぐ目の前を、飛ぶように通り過ぎて行く。

その少年は、一太と同じサッカー日本代表の青いユニフォームを着ていた。

「あっ」

その人影を見て、一太は思わず声を上げた。

隠れていた木の陰から出て、道を見下ろしたが、今、駆け抜けていった筈《はず》の少年の姿はすでになかった。

油蝉の鳴く声が、一瞬、うねるように大きくなったような気がした。

昨晩見たテレビ番組が、また頭に思い浮かんでくる。

双子でコンビを組むお笑い芸人がレポーターを務めていたそのロケは、「ドッペルゲンガー」に関するものだった。

それは、自分そっくりの人物を目撃したり、遭遇《そうぐう》したりする現象のことだ。

モーツァルトは、死の直前にドッペルゲンガーに依頼されて『レクイエム』を作曲し、リンカーンも暗殺される前に自分の分身を鏡の中に見たとテレビでは言っていた。

先ほど、すぐ目の前を駆け抜けていった少年は、一太がよく知っている顔をしていた。

鏡でいつも見ている自分の顔だ。

もしそれがドッペルゲンガーだったとするなら、自分はもうすぐ死ぬということだ。

だが、サッカー日本代表の青いユニフォームを着ている子は結構いるし、見かけたのも一瞬だったから、見間違いということだってあり得る。

不安な気持ちを振り払い、ひと先《ま》ず、『ひょうたん島』から出て家に帰ろうと、一太は足を踏み出した。

「こんなところで何をしているんだ」

声を掛けられたのは、その時だった。

2

振り向くと、そこには見知らぬ男女の二人連れが立っていた。

いずれも三十代の半ばくらいに見える。

男の方は、スポーツメーカーのロゴが入ったTシャツにハーフパンツ、足元はサンダルで、年齢のわりには軽装だった。近所をぶらりと散策しに来たというような格好だ。

一方の女はショートヘアで、地味な柄のチュニックにジーンズを穿《は》いている。大きめのバッグを肩から掛けていて、真面目そうな印象の女の人だ。

何となく、アンバランスな感じのするカップルだった。

「あの、すみません。虫捕りを……」

一応、そう言って謝り、一太はその場から立ち去ろうとした。

「待て」

男が素早く、一太の腕を摑《つか》む。

「痛いっ」

思わず一太は声を上げた。

「ちょっと……」

傍《かたわ》らの女が、不安げに男に声を掛けたが、構わず男は口を開いた。

「君、名前は」

「城島……一太です」

嘘《うそ》をついたら、後で怒られるかもしれないと思い、躊躇しながらも一太はそう答えた。

「おじさんたちこそ、ここで何をしているんですか」

勇気を振り絞って、一太は逆に問い返してみたが、その言葉は無視された。

「とにかく一度、ここを出よう」

何か言おうとする女を制して、男が一太の腕を摑んだまま、半ば強引に道を下り始めた。

助けを呼ぼうにも、周りには誰もいない。

下手《へた》に大きな声を出したりして、相手を刺激したらどうなるかわからない。

この二人は、『ひょうたん島』で、何か人に見られてはまずいことでもしていたのだろうか。

先ほど、一太の目の前を駆け下りて行った少年は、何か関係しているのだろうか。

もしかしたら、同じ青いユニフォームを着ているから、一太は誰かと間違われているのかもしれない。

次から次へと、目まぐるしく考えが巡る。

一太の腕を摑んだまま、男は『ひょうたん島』を出ると、表通りに向かって歩いて行く。女は無言で後ろから付いてくる。

間の悪いことに、途中、誰ともすれ違わなかった。

神社の表側に出ると、大鳥居の前から団地へと続く横断歩道の手前で、青信号が点滅し始めた。

今しかない。

そう判断した一太は、横断歩道の手前で足を止めた男の鳩尾《みぞおち》に、渾身《こんしん》のパンチを叩《たた》き込んだ。

「うっ」

不意を衝かれて男が短い呻《うめ》き声を上げる。

手が緩んだ隙《すき》に、一太はそれを振りほどき、赤信号に変わったばかりの横断歩道を、通りの向こう側へと駆け出した。

「危ない！」

女が声を上げる。

一太は振り向かずに走る。

一度、発車しかけた車が、すぐに急ブレーキを踏み、激しくクラクションを鳴らした。渡りきったところで振り向くと、車が行き交う通りの向こう側で、途方に暮れた様子で男と女は立ち尽くしていた。

大人の足で、走って追って来られたら、すぐに追いつかれる。

とにかく信号が赤のうちに距離を稼ごうと思い、一太は全力で走り出した。

ここからだと、交番を目指すより、自分の家に戻った方が遥《はる》かに近い。

家にはお父さんがいて、パソコンに向かって仕事をしている筈だ。

息を切らせて走りながら、途中、誰か知っている人に会ったら助けを乞《こ》おうと思っていたが、どういうわけか団地の中は人気《ひとけ》がなく、誰も歩いていなかった。

いや、それ以前に、人の住んでいる気配がない。ベランダには洗濯物のひとつも干されておらず、殆どの部屋の窓にはカーテンすら掛かっていなかった。団地の棟も、どこか色褪《いろあ》せており、ひび割れを補修した跡が、いくつも壁を走っている。

妙な違和感はあったが、それを確かめている余裕はなかった。自分が住んでいる棟に辿《たど》り着くと、一気に五階まで駆け上がり、家のドアの取っ手を握ったが、鍵が掛かっていた。家の中にお父さんがいるなら、鍵は開いている筈だった。

焦《あせ》る気持ちを落ち着かせながら、ポケットからキーホルダーを取り出すと、団地の古いスチールドアの鍵穴にキーを差し込んで捻《ひね》る。

急いで玄関に飛び込み、内鍵とチェーンを掛けた。

スチールドアに耳を当て、外の様子を窺《うかが》ったが、何者かが階段を上がってきたり、廊下を歩いてくるような音は聞こえなかった。

「お父さん？」

ひと先ず、一太は玄関から部屋の奥に向かって声を掛けた。

いつもの自分の家の筈だが、どこか薄暗く感じられる。

つい一時間ほど前、お父さんの拵《こしら》えてくれたトーストとスープを食べた食卓には、雑然と新聞や空のペットボトルなどが置いてある。

一太はダイニングの中を見回す。

間取りは一太の知っている部屋そのままで、食器棚《だな》やテーブルなど、いくつかの調度品は同じものだったが、冷蔵庫などの家電が替わっていた。見覚えのある家具と、見知らぬ家具が渾然《こんぜん》としていて、奇妙な感覚だった。自分の家に、他人が住んでいるかのような違和感。

恐る恐る、一太は奥の部屋の襖《ふすま》を横に開いた。

そこは、お父さんが仕事場にしている部屋だった。

学校から帰ってくると、いつもお父さんは、煙草《たばこ》の煙で白く靄《もや》の掛かったその部屋で、パソコンに向かって仕事をしている。

一太が生まれた時に、一度は止《や》めた煙草を、最近、お父さんはまた吸い始めた。仕事が忙しくなると、つい苛々《いらいら》して手が伸びてしまうのだそうだ。煙草嫌いのお母さんと、このところはよくそのことで喧嘩《けんか》をしている。

だが、最初に感じられたのは、煙草ではなく線香の匂いだった。

部屋には机もパソコンもなく、段ボール箱がいくつも積まれていた。毛布もシーツも掛かっていない、使われていない様子のベッドが一台、置いてある。

その部屋の隅に、一太の家にはないものが置いてあった。

扉の開かれた黒い漆《うるしぬ》塗りの仏壇から、細い煙が上がっている。

恐る恐る、一太はその中に飾ってある遺影を見た。

お父さん……。

そこには、にこやかに笑っている父親の秀雄の写真が飾られていた。

あまりのことに、一太はその場にへたり込みそうになった。

つい先ほど、一緒にごはんを食べたばかりのお父さんが、そこに写っている。汗を掻いたなら着替えろと、お父さんは言っていた。

どうしたら良いかわからなかったが、とにかくここにはいたくなかった。

昨日の晩に見たテレビ番組では、こんな現象については取り扱っていなかった。

玄関を出て、鉛のように重い足取りで階段を下り、棟の外に出ると、先ほどの男と女が待ち構えていた。

一太は我に返り、再び逃げ出そうとした。

「待てよ」

男が一太に声を掛ける。

「行く当てがあるのか」

その言葉に、一太は思わず足を止めて振り返った。

「君はおそらく、神隠しに遭ったんだ」

腕組みをしたまま、真剣な表情で男はそう言った。

3

「この団地は、近く取り壊されることが決定している」

連れられて入ったファミリーレストランで、男は一太に向かって言った。

「すでに共用スペースや、住人のいなくなった棟から解体工事が始まっている」

男はそう言って、顎で外の景色を見るように一太に促した。

確かに、通りを挟んだ向こう側に見える団地の棟のいくつかは、足場と白いパネルで覆われ、低く轟《とどろ》くような重機の音が聞こえてくる。クレーンの骨組みも何基か見えた。

信じがたい話だったが、信じるより他なかった。

そもそも、一太が知る限り、こんな場所にファミリーレストランはなかった。チェーン店のようだが、聞いたこともない名前の店だった。

「お二人は、何者なんですか」

どうやら一太は、およそ二十年後の世界に迷い込んでしまったらしい。

荒唐無稽《こうとうむけい》な話だが、そんな突飛《とっぴ》なことを、いい年をした目の前の二人の大人が、真面目に信じていることも不思議だった。

「私の名前はイノマタアサミ。昔、この団地に住んでいたことがあるの」

女はそう言って、隣に座っている男を見た。

男は一太を見つめたまま、何も言わない。

少し躊躇《ためら》った後、女はもう一度、口を開いた。

「彼の名前はフクヤマタケシよ」

男が頷《うなず》く。

「僕も以前、この団地に住んでいたんだ」

タケシと言われた男が、テーブルに身を乗り出すようにして言った。

「以前にあの不知森《しらずもり》……『ひょうたん島』で起こった神隠し事件についても知ってい

る」

尚之のことを言っているのだろう。一太は俯《うつむ》く。

テーブルにはタケシが注文してくれた海老《えび》グラタンがあった。

お腹《なか》は空《す》いていたが、とても食べる気にはなれなかった。

「あの……」

勇気を振り絞り、一太は、一番気になっていたことをタケシに問うた。

「僕のお父さんとお母さんはどうなったんでしょうか」

「部屋の中を見たなら、もう何となく察しているだろうが……」

タケシはそう言うと、深呼吸を一つして答える。

「君のお父さんとお母さんは離婚した。お母さんはまだ健在だが、お父さんはつい先日、亡くなられた」

「ちょっと……」

アサミと名乗った女の方が、慌ててタケシの話を止めようとする。

「中学生くらいの頃から、君は団地を出てお母さんと暮らしていたが、数年前、お父さんが脳出血を起こして倒れてからは、介護のために再びこの団地で同居していた」

すっかり冷えたグラタンの白いソースの上に、涙の粒が零《こぼ》れるのが見えた。

「嘘をついたり、誤魔化《ごまか》したりしても仕方がない」

タケシの方は冷静で、口調はしっかりしている。アサミは、泣いている一太と、テーブルの上でじっと手を組んで話をしているタケシを、心配そうに交互に見ている。

「じゃあ、二十年後の僕は今……」

半袖の青いユニフォームの袖口で涙を拭《ふ》きながら一太は言う。

それを見て、何か思い出したのか、タケシは重々しい口調で言葉を発した。

「君は、将来はサッカー選手になるのが夢なんだろう？」

一太は顔を上げた。

目を逸《そ》らさず、タケシはじっと正面から一太の瞳を見つめる。

「残念ながら、城島一太は君が思い描くような大人にはなっていない。きっと一太氏も君に合わせる顔はないと思う」

それは一太には厳しい言葉だった。

今、目の前にいる、このタケシという人物は、未来の一太を知っているようだったが、その言葉からすると、会わせられない何らかの事情があるようだ。

今度は涙も出なかった。

自分の未来が暗く閉ざされたような気がして、一太は呆然《ぼうぜん》とタケシを見つめる。

再びアサミが何か口を挟もうとするのを制して、タケシが言う。

「だが、もしかしたら未来は変えられるものなのかもしれない。君が今よりもずっと頑張れば、サッカー選手になれるかもしれないし、注意深くお父さんとお母さんのことを気に掛けていれば、離婚には至らないかもしれない。健康にも気を遣ってやるべきだ。今日一日だけでいいわけじゃない。ずっとだ。簡単じゃないぞ。そうすれば、未来は変わるかもしれない。いや、そうあって欲しいと僕は思う」

噛《か》んで含めるようにタケシは言った。

「元に戻るための方法を考えよう」

少し落ち着いてきた一太が、やっと海老グラタンを食べ始めると、それを見ながらタケシが言った。

先ほどとは違い、ずっと優しい口調だった。

「それなら知ってます」

フォークに刺したペンネを口に運びながら一太は言う。

ついさっき、尚之から直接、聞いたばかりだった。いや、さっきと言っていいのかどうかもわからなかったが……。

グラタンを食べながら、尚之から聞いていたとおりのことを言うと、タケシは納得したように頷いた。

「そうか……。だが、問題は、尚之くんの場合は行き先が過去だったから、それをご両親に伝える方法もあったが、君の場合は未来に来てしまったから、誰かに託して呼んでもうことはできないという点だ」

それは確かにそうだ。

グラタンを食べていた手が止まりかけたが、やけくそになって一太は残りを掻き込むように口の中に詰め込んだ。

「いいぞ」

微《かす》かに笑ってタケシが言う。

タケシが笑顔を浮かべたのは、これが初めてだった。

4

「おかしいな」

タケシがそんなことを言い出したのは、三人がファミレスを出て、再び『ひょうたん島』に戻った時だった。

考えていても仕方がないと、「もういいかい」と呼ぶ声を探しながら、頂上が二つある『ひょうたん島』の、入口から遠い方の頂《いただき》まで登ってみた。

丘の上から望む団地の風景は、やはりタケシやアサミが言うように、一太の知っているそれとは違っていた。

多くの棟が、解体用の足場に囲まれ、公民館などのスペースは、もう更地《さらち》になっている。フェンスで道は区切られ、工事用の車輛《しゃりょう》や重機が何台か停《と》まっているのが見えた。人間や、生きとし生けるものだけでなく、物事にはすべて寿命があるのだということを、一太は感じた。

タケシの話によると、老朽化による取り壊しが決定する以前から、入居率は年々下がる一方で、維持管理が難しくなっており、それも団地が廃止される一因になっているということだった。

いつか、そこに団地があったということすら忘れられる時がきっと来る。団地に住んでいた人、ここに思い出を持つ人たちが、一人残らずこの世を去った時、この団地の命も、ひっそりと消えるのだとタケシは語った。

何事か起こる気配もなく、仕方なく三人は『ひょうたん島』を出ることにした。もう夕暮れが近づいている。本当なら、家に帰らなければいけない時間だった。

「ちょっと変じゃない？」

そうアサミが呟《つぶや》いたのは、石玉垣を乗り越えた時だった。

途中から、一太も気がついていた。

遠くから、何かお囃子《はやし》のような音が聞こえてくる。

表通りに面した神社の大鳥居へと向かって行くと、違和感は更に増した。

通りに沿った街灯に渡されたコードに、白とピンクで彩られた提灯《ちょうちん》がぶら下がり、道を明るく照らしている。

お囃子の音は、どうやら録音されたものらしく、スピーカーから流れてきている。

団地と神社の大鳥居を結ぶ横断歩道には、人の群れができていた。手に誘導灯を持った警察官が数人、交通整理に駆り出されている。歩道側の信号が青に変わる度《たび》に、ホイッスルを鋭く鳴らし、車道の上下線を止めて、人の流れを誘導していた。

「縁日かしら」

タケシと一太の少し後ろを歩いていたアサミが、怪訝《けげん》そうな声を上げた。

「そんな筈は……」

呻くようにタケシが呟く。

「自治会が解散してしまって、二、三年前から、もう縁日は行われていないんだ」

そうは言っても、大鳥居に近づくにつれ、人は増えていく。

浴衣《ゆかた》を着た、中学生くらいの女の子の一団が、笑いながら下駄を鳴らして一太たちを追い抜いて行く。

お父さんとお母さんに挟まれて、ぶら下がるように手を繋《つな》いで歩いて行く親子連れ、一太と同じ年頃の小学生たちのグループ。

大鳥居から中を覗くと、いつもは人気のない石畳の参道は人でごった返しており、左右にはテキ屋の屋台がところ狭しと並んで、焦げたソースや甘いシロップの匂いを漂わせている。

「テキ屋を呼び戻したのか？　いや、それにしたって、この賑《にぎ》わいは……」

「行ってみましょうよ」

すっかり狼狽《うろた》えているタケシに比べ、割合にしっかりした口調でアサミが言った。

アサミが一太の手を握る。

三人は人の群れに押し流されるように境内を奥へと進んだ。

それは一太が見たことのない光景だった。

威勢よく声を張り上げて、客を呼び込もうとする小さな屋台の群れ。活気も猥雑《わいざつ》さも、一太の知っている縁日とは、まったく違う。

石畳の参道沿いに、畳二枚分くらいの広さの、平べったい水槽を出している店があった。

水槽の中央には花を生けた飾りの睡蓮鉢《すいれんばち》が置いてあり、四隅ではポンプに繋がれた透明なチューブから、細かな泡が浮き上がって音を立てている。

ごく浅く水の張られた水槽の中には、五百円玉より少し大きいくらいのサイズのカメが何十匹も、必死に四肢を動かして泳いでいた。

「わあ」

自分の置かれている状況も忘れて、思わず一太は足を止めた。

水槽の脇《わき》にしゃがみ、覗き込もうとする。

「おい」

タケシが声を掛けるよりも早く、水槽の向こう側に座っている男が一太に声を掛けた。

「坊主、まだ懲《こ》りないのか。さっき小遣いを使い果たしたばかりだろう。カメはやったんだから、もう諦めな」

一太は顔を上げる。

そこには髪を角刈りにした、鷲鼻《わしばな》の、ちょっと日本人離れした顔立ちの男が座っていた。着ている鯉口《こいぐち》の胸元からは、ひょっとこが火を吹いている柄の刺青《いれずみ》が覗いている。

「まさか」

背後で、タケシがそう声を上げるのが聞こえた。

一太の腕を摑んで半ば強引に立たせると、人の流れに逆らうように神社の出口を目指す。何度も道行く人と肩がぶつかって、誰かがタケシの背中に怒号を浴びせるのが聞こえた。

大鳥居を抜け、大通りを渡って団地に入った辺りで、やっとアサミが追いついてきた。

「どうしたのよ」

アサミが声を掛けても、タケシは無言だった。

神社への行き帰りの人たちがまばらに歩いている団地の中の道を、黙々と進んでいたタケシが、ふと足を止めた。

暑いからか、窓を開け放している一階の部屋があった。

網戸の向こう側から、テレビの音声だろうか、興奮したアナウンサーの声が聞こえてくる。

タケシは、じっとそちらを見つめている。

小さな十四型テレビの画面に映っているのは、プロレス中継のようだった。

顔を血で真っ赤にした金髪のレスラーと、体の大きな黒人レスラーが、相手選手をリングの上で、二人掛かりでパイプ椅子《いす》を使って痛めつけている。

ビール片手に、テレビに見入っている白いランニングシャツ姿の男は、歯軋《はぎし》りが聞こえてきそうな口調で、この悪党どもめ、悪党どもめと頻りに声を上げている。

「禁足地に足を踏み入れたせいか、おかしなことになっている」

やがて絞り出すようにタケシが言った。

「僕が覚えていたのと違う。これはどういうことだ……」

タケシはふらふらと歩いて行き、団地の通路沿いにあるベンチに、へたり込むように腰掛けた。

その時、不意に一太の耳の奥に、鼓膜を直接震わせるような微かな声が聞こえてきた。

もういいかい、もういいかい、と。

落ち込んでいるタケシと、困惑しているアサミに、そのことを言うと、タケシはアサミを見て眉根《まゆね》を寄せて言った。

「君、聞こえるか？」

アサミはゆっくりと首を左右に振った。

「誰の声だ？」

そう問われても、声はあまりにも微かでわからない。思い当たる人もなかった。

「声を捉えたなら、もう一度、『ひょうたん島』に行こう。どうすればいいかはわかってるよな？」

一太は頷いた。

返事は「まあだだよ」だ。「もういいよ」は絶対に口にしてはいけない。

「よし、行こう。君だけでも戻らないと」

タケシが立ち上がる。

「あの……二人は未来から来たんですよね」

一太がそう言うと、タケシは肩を竦《すく》め、アサミも困ったような顔をした。

「そういうことになるのかしら」

「だったら、二人が戻れるように、僕が大人になったら、きっと『ひょうたん島』の前で声を掛けます。二人が何年の何月何日から来たのか、教えてください」

「いや、それは無理なんだ」

頭を左右に振り、呻くような口調でタケシが言う。

「絶対に忘れない。約束は必ず守るから信じて」

「そういうことじゃないんだ」

必死になって言う一太に、タケシは途方に暮れたような口調でそう言った。

やがて三人は、再び不知森の石玉垣の前に立った。

一太の耳の奥に届いてくる声は、次第に大きくなってくる。

周囲に常夜灯のようなものはなく、通りの方が明るい分、余計に神域とこちらの世界を境する石玉垣の向こう側は暗く見えた。

山頂へと続く細い道を、怖いのを我慢しながら、一太は「まあだだよ、まあだだよ」と口の中で繰り返し呟き、先頭に立って進んで行く。

背後から付いてくるタケシとアサミの足音と気配が、不意に消えたかのような気がして、一太が振り向いた時だった。

足元に何かが触れたような気がして、一太は傾斜のある道で足を滑らせた。

声を上げる間もなく、一太は思わず目を瞑《つぶ》り、つんのめるように地面に手を突いた。

「痛《い》たた……」

その一太の耳に、不意に油蟬の鳴く騒がしい声が入ってきた。

目を見開き頭上を見上げると、鮮やかな青空が飛び込んできた。強い日射《ひざ》しに、思わず一太は目を細める。

辺りを見回すと、タケシとアサミの姿はもうなかった。

一太は立ち上がり、無我夢中で『ひょうたん島』の外に出るために道を駆け下り始めた。

ふと、背後で「あっ」という声が聞こえ、一太は振り向く。

道の脇にある、コナラが群生している一角に、捕虫網を手にした男の子が立っていた。

一太と同じ、青いユニフォームを着ている。

狼狽えている一太の目の前で、男の子の姿は次第に色を失い、幽霊のようにその場から消えてしまった。

少し戻って、熊笹越しに男の子がいた辺りを見ると、捕虫網と虫カゴが落ちていた。

いずれも、見覚えのあるものだった。

一太は恐ろしくなり、それらを拾うことも忘れて、再び駆け出した。

石玉垣と、小さな鳥居が視界に入ると、そこに立っている尚之の姿が見えた。

心配そうに見上げていた尚之の顔が、一太の姿を認めて、ぱっと輝く。

走り下りてきた勢いのまま、それを助走にして一太は石玉垣を走り高跳びのように飛び越えた。うまく着地できずに尻餅《しりもち》をつくと、尚之が走り寄ってくる。

「尚之」

思わず一太は、走ってきた尚之を抱き締めてわんわん泣き始めた。

5

「……そんなことがあったんですか」

「今となっては、昔話もいいところですよ」

人気のない団地の道を歩きながら、城島一太が答える。

「尚之は、僕が一人で『ひょうたん島』に行ったことが心配だったようで、僕が戻って来られなくなったんじゃないかと、入口で呼んでくれていたらしいです」

「それが当たったのね」

「さあ、どうだか……。あの時、『ひょうたん島』で体験したことも、本当にあったことなのかどうか自信がないんですよ。何しろ子供の時のことですからね」

そう言って一太は笑った。

猪俣麻美《いのまたあさみ》は頷く。

子供の頃、本当に何か不思議な体験をしていたとしても、大人になるにつれて、常識というフィルターが記憶に整合性を持たせ、脳を納得させてしまうのかもしれない。

不思議な世界への入口は、意外とそこらじゅうに開いているのではないかと、物語を紡《つむ》ぐのが仕事になった今では、思うことがある。

この城島一太という青年と出会ったのは、つい三十分ほど前だった。

麻美も以前はこの団地に住んでいたことがあるので、どこかでニアミスしたことはあるのかもしれないが、年齢も数歳、一太の方が年下で、学年も離れている。

ずっと足を運ぶことがなかったこの団地を、麻美が久々に訪れたのは、高校時代の同窓会の知らせで、解体することを知ったからだ。

すでに十年ほど前から、段階的に規模を縮小し、新規の入居者を制限して解体の計画は進んでいたらしい。そこでふと、子供時代から思春期までを過ごした団地のことを小説に書こうと思い、慌てて麻美は、消えゆく団地を見ておくために電車に乗り、最寄《もよ》りの私鉄駅に降り立った。

以前は朝夕の通勤通学時間以外でも、一時間に数本は動いていた団地行きのバスも、今は一時間に一本程度に減らされているようだった。

タクシーを拾って団地まで辿り着き、記憶を頼りに自分が住んでいた棟を捜したが、すでに取り壊され、都心部からのバイパスとなる広い道路が走っていた。以前は東西南北と中央の五つのブロックに分かれていた広い団地の区画は、北と中央だけになっており、それすらも年内には完全に退去が済むということだった。

久しぶりに訪れる団地に、何か感慨のようなものを求めていた麻美は、がっかりした。なくなるのは仕方ないが、思い出に浸ろうにも、その思い出を喚起《かんき》するものが、殆ど残っていないのだ。

当てもなく、残っている団地の道を歩いていると、家具や廃材などが山積みになっている一角があった。

たぶん、団地の解体工事で出たゴミを、一か所に集積した後、産業廃棄物として出しているのだろう。

地面に置かれた鉄のコンテナには、材木や蛍光灯、アルミの軽天の切れ端などが入った工事現場用のゴミ袋や、壁に使われていたのであろう防火の石膏《せっこう》ボードの残材などが溢《あふ》れており、入りきらなかったゴミが外にまで積まれている。

何となく通り過ぎようとして、ゴミのコンテナの横に置かれた破れたソファの上に、額縁が載っているのが目に入った。

それを拾い上げ、埃《ほこり》で汚れている表面のガラスを手の平で拭《ぬぐ》うと、洞窟に描かれた壁画のようなタッチの抽象画が目に入った。

古代ギリシャの闘士のような人物が描かれているが、金髪をしたその男は、舌なめずりするような、人を食った不敵な表情をしている。

ユニークな絵柄だったが、何故《なぜ》だか胸に迫るものがあった。きっと、団地内のどこかに残されていたものが、解体で出た廃材とともにここに運ばれ、捨てられたのだろう。後ろ髪引かれる思いだったが、麻美はそれを元あった場所に戻した。

高校卒業後、麻美は地方の大学に進学した。その後、実家は父親の転職を機に団地を出て引っ越してしまい、それ以来、ここにやって来るのは、およそ二十年ぶりだった。

念願叶《かな》って、ずっと投稿を続けていた『小説シリウス』で作家デビューを果したのが十年ほど前。振り向けばあっという間だが、結婚もしないまま、もう三十代も後半のおばさんになってしまった。

高校生だった頃、よく全力で自転車を漕いでいた団地の中央の通りを歩きながら、ふと麻美は、福山《ふくやま》毅《たけし》という男の子のことを思い出した。

彼は今、どうしているのだろう。

ふとしたことで話をするようになってからは、よく一緒に行動していたが、青春時代に特有の照れがあって、普段はつっけんどんな会話ばかり交わしていた。

いつも通っていた学校の図書室で、二人きりになった時、お互いに初めてのキスをした。

こちらはいいと言っているのに、何度も何度も、本当にキスしていいのか、後になって怒らないかと毅が聞き返すものだから、ムードもへったくれもなかったことを思い出し、麻美は笑みを浮かべた。

でも、それ以上の進展はなくて、麻美が大学に進学してからは付き合いも自然消滅し、今はどこでどうしているのかも知らない。

同い年だから、毅も三十代後半のおじさんになっている筈だ。結婚して、子供くらいはいるのだろうか。

まだ毅が、この団地に住んでいるとは考えにくいが、そんなことを考えているうちに、自然と足は、毅の住んでいた棟へと向かう。

その棟は、まだ解体されずに残っていたが、やはり部屋のドアには、福山家の表札はなかった。ポスティングのビラが大量に郵便受けに入っているから、もう長いこと、その部屋には人が住んでいないのだろう。団地の解体が決定するよりもずっと前に、すでに退去してしまったのかもしれない。

期待はしていなかったが、やはり少し、寂しい気分になる。

もう帰ろうかと考え、歩き出したところで、隣り合わせた棟の階段から、人が出てくるのが見えた。

手にはペットボトルやポリ容器の入った透明なゴミ袋を持っている。

住民らしき人を見かけるのは、ここに来て初めてだった。

男はスポーツメーカーのロゴが入ったTシャツにハーフパンツ、足元はサンダル履きの軽装だった。年齢はたぶん、三十代前半だろう。

少し迷ったが、麻美は男に声を掛けてみることにした。このまま帰ってしまっては、せっかく団地まで来たのに、何も収穫がない。

「あの……」

声を掛けると、男はちょっと驚いたような顔をして麻美の方を見た。

「こちらにお住まいになっている方ですか」

「ええ、まあ」

怪訝そうな顔で男が答える。

「私、猪俣麻美といいます。以前、この団地に家族で住んでいたんですけど、解体すると聞いたので……」

「ああ……」

得心したように男は頷いた。

「そういう人、他にもけっこういますよ」

「お話しさせていただいてもよろしいですか」

「歩きながらでよければ」

男は、手にしたゴミ袋を掲げて、眉尻を下げて笑ってみせた。

「早く出さないと、収集車が来ちゃいますからね。けっこう歩くんですよ、集積所まで」

　歩き出した男の傍らを付いていくように、麻美も歩き出す。

「自治会も解散して、入居している戸数も減ったので、集積所も団地全体で一か所になってしまったんですよ。ゴミ捨てもひと苦労といったところです」

　まるでガイドのような口調でそう言い、男は屈託なく笑ってみせた。人懐《ひとなつ》こい笑顔だった。

　この人に声を掛けて正解だったなと思いながら、麻美も笑顔を返す。

「あの……」

　言いかけて、まだ男の名前を聞いていなかったことに気づいた。

　それを察したのか、男の方から口を開く。

「僕ですか？　城島一太といいます」

「城島さんは、何で今も団地に……」

「ああ、父が体を壊して自宅療養していましてね、ちょっと引っ越せるような状況ではなかったもので……」

　事前に調べたところでは、団地解体の反対運動で居住し続けている人もいると聞いていたが、どうやらそういう事情ではないらしい。

「でも、父も先月、とうとう他界しました。入居資格の相続はまあ、できませんから、二、三か月のうちには、僕も出て行かないと……」

「すみません」

「いや、別にいいんですよ。猪俣さんは、いつ頃までこちらに住んでいたんですか」

「高校生までなので、二十年くらい前ですね」

「じゃあ僕は当時、小学生だな」

「実は私、物書きというか、小説を書いていて……」

「へえ、そうなんですか」

一太が少し驚いたような顔をする。

「それで、子供時代のことを書こうと思っていたんですけど……」

「じゃあ、取材ってわけですね。そういえば、この団地出身で作家になった女性がいるって聞いたことがあるな。誰から聞いたんだっけ。甲田《こうだ》さんかな」

「どなたです?」

「この団地の自治会を陰から支えた、伝説の副会長と言われた人です。会長はやらないという条件で、自治会が解散するまで、ずーっと副会長を務めていました」

一太はそう言って笑った。

「そうなんですか」

そういえば、高校生の時、自治会の主催する保育園での読み聞かせに、福山毅と二人でボランティアで参加したことがあった。思ったようにいかなくて、ちょっと苦い記憶になっているのだが、あの時、世話役をしていた副会長さんがその人だろうか。さすがに名前までは思い出せない。

やがて、先ほどの絵が捨てられていた辺りの一角に来ると、その近くに集積所があった。

資源ゴミが山積みになっているところを見ると、一太の他にも、十数戸は、まだ住んでいる人がいるらしい。

「作家さんということは、夢を実現させたってことですよね。羨《うらや》ましいなあ。僕はサッカー選手になりたかったが、夢は叶わなかった」

集積所にゴミの袋を置くと、一太は麻美の方を振り向いて言った。

「団地の有志で、フットサルのチームを組んでいたんですけどね、けっこう強かったんですが、それも人が減って解散になってしまった」

そう言って一太は苦笑してみせた。

「……この団地はそんな話ばかりです」

何故か、申し訳なさそうに一太は言う。

「僕はこれで戻りますが、他に何か……」

「そうだ」

急に思い出して、麻美は声を出した。

「昔、この辺りで、神隠し事件みたいなのがありましたよね。行方不明になった子供が、数日後にひょっこり現れたとか……」

「ああ、知ってます。『ひょうたん島』の事件ですね」

怪訝そうな表情を一太は見せた。何か知っている様子だ。

「実は私、その当事者の子を知っていて……」

「尚之のことですか？」

先にその名前が出てきたので、麻美は面食らった。

「知ってるんですか？」

「子供の頃、よく一緒にサッカーをして遊びました」

「私は、尚之くんのご両親とちょっと知り合いで、後になってから、事件のことを知ったんですけど……」

尚之の母親である小林遥子《はるこ》とは、例の読み聞かせの時に知り合い、その頃、少しだけ交流があった。

「初めて共通の知り合いが見つかりましたね」

肩を竦めて一太が言う。

「今、どうしているのかしら」

「さあ……。少なくとも今は、この近くには住んでいないと思いますよ。僕も、中学生の時以来、会っていない」

また、そんな話だ。

「小説のネタにするつもりなら、僕もあの神社の森では妙な体験をしたことがあります。あれは確か……」

言いかけて、急に一太は何かを思い出したように目を見開いた。

腕時計を見て、日付か時間かを確認している。

「失礼。ちょっと家に戻ってもいいですか」

言い終わらないうちに、一太は足早に、元来た道を戻り始めた。

わけがわからないまま、麻美もその後を付いていく。

「どうぞ上がってください」

棟の部屋まで戻り、玄関のドアを開いて、一太が言った。

知り合ったばかりの男性の家に上がり込むのに、麻美は少々、躊躇したが、様子からいって妙なことは起こらないだろうと踏んで靴を脱いだ。

一太に続いて奥の部屋に入ると、線香の匂いが漂ってきた。

見れば、新しい仏壇があり、一太の父親であろうか、優しそうな顔をした男の人が微笑《ほほえ》んでいる遺影があった。

「お若かったんですか」

写真は、どう見ても四十代から五十代といったところだ。

「違いますよ。いい写真がその頃のものしかなかったんです。二十年くらい前の写真かな」

引っ越しの準備中なのか、段ボール箱がいくつも山になった部屋の隅にある柱に、一太は顔を近づける。

「やっぱりだ。危なかった」

昔懐かしい、ポケモンや妖怪ウォッチのシールが貼られた柱に、カッターか彫刻刀で深く刻みつけたような文字があった。四桁の西暦らしきものと日付が刻まれている。それは今日の日付だった。


人気のない団地の道を歩きながら、一太が語った話に、麻美は戸惑った。

少年だった頃の一太が、『ひょうたん島』で出会った男女とは、何者なのだろう。

一太自身も、記憶はかなりの部分が朧気《おぼろげ》になっているようだった。

日付を忘れていたのと同様、男女の名前も失念してしまっているようで、いずれも平凡な名前だったということしか思い出せないようだ。

「まあ、『もういいかい』って呼んでみれば、きっとあの時の二人に会えますよ」

語っている一太自身が、半信半疑のようだった。

「馬鹿馬鹿しいと思いますか？」

「いいえ、面白いわ」

やがて神社に辿り着くと、迂回するようにその裏手にある『ひょうたん島』の入口に向かった。

団地の様子はずいぶんと変わってしまったが、さすがに神社の風景は変わらない。

石玉垣に囲まれた、『ひょうたん島』こと不知森は、麻美の記憶の中にあったとおりの姿で佇《たたず》んでいる。

苔で緑色に変色した石玉垣の笠石《かさいし》や、小さな鳥居などの鬱蒼《うっそう》とした風景は、周囲の温度が一度か二度くらい下がったかのような錯覚を感じさせる。

ひらりと一太が石玉垣を乗り越え、麻美も苔で服が汚れないように用心しながらそれを越えた。

ひと一人がやっと通れるほどの細い道があり、山頂へと続いている。

思えば、この禁足地に足を踏み入れるのは、麻美は初めてだった。

「うちの父親ですが、数年前に脳出血の発作を起こして倒れましてね。それまで僕は、団地を出て母と暮らしていたんです」

前を歩いていた一太が口を開いた。

「仕事のストレスとか、いろいろと原因はあったんでしょうけど、きっと寂しかったんでしょうね。昔は晩酌《ばんしゃく》程度だったものが、ずいぶんと酒量が増えていたようで……。幸いに一命は取り留めましたが、介護が必要な状況になって、僕が同居することになったんです」

何と言ったら良いかわからず、麻美は耳を傾ける。

「団地で暮らし始めると、あれこれと思い出すんですよ。特に子供の頃のこととかね。全部、たらればなんですけど、父と母の仲がうまくいってなかった時も、僕にもできることがあったんじゃないかって考えたりするんです。あの時のまま、ずっと家族三人でこの団地で暮らしていたなら、今頃、どんな感じだったのかな、なんて……。母があんなに苦労して僕を育てる必要もなかったかもしれないし、僕も大学に行ってサッカーを続けられたかもしれない。父も寂しさに喘《あえ》ぐ日々を送らずに済んだかもしれない」

きっと、この一太という青年は、これからの生活に不安を持っているのだろうと麻美は思った。

知り合ったばかりで、素性もよく知らない麻美が相手だからこそ、そんな気持ちを吐《と》露《ろ》できるのだろう。

不意に立ち止まり、一太は道から外れた方向を指差した。

「あの辺りに、カブトムシやクワガタがたくさん捕れる場所があるんです。僕は小学校のクラスでは、クワハンターなんて呼ばれていて……」

笑いながら一太が振り向く。

「少年時代って、何であんなに何もかもが輝いて見えるんでしょうね」

風も吹いていないのに、周囲の熊笹の茂みが、ざわざわと鳴ったような気がした。

「あの子……」

つい一瞬前までは、確かに無人だった筈のその一角に、目にも鮮やかなブルーのTシャツを着た、小学校高学年くらいの男の子が立っていた。

「こんなところで何をしているんだ」

不安げに辺りを見回している少年に、一太が声を掛ける。

「あの、すみません。虫捕りを……」

弁解するようにそう言うと、少年はその場から小走りに立ち去ろうとした。

「待て」

素早く一太が少年の腕を摑む。

「痛いっ」

少年が声を上げた。

「ちょっと……」

一太の顔はすっかり青ざめていた。

止めようとする麻美を無視して、一太は強い口調で少年に問い掛ける。

「君、名前は」

「城島……一太です」

少年はそう答えた。

一瞬、麻美は混乱した。何でこの少年は、目の前にいる城島一太と同じ名前を名乗ったのだろう。

「おじさんたちこそ、ここで何をしているんですか」

少年は、じっと睨《にら》み返してくるが、一太は半ば強引に少年の腕を摑んだまま、坂を下り始めた。

「とにかく一度、ここを出よう」

わけもわからないまま、麻美は二人の後を付いていく。

『ひょうたん島』を出て、神社の大鳥居の前から、大通りを横切って団地に入る横断歩道に出た時だった。

不意に少年が、一太の鳩尾にパンチを叩き込んだ。

うっと呻いて一太は前屈《まえかが》みになり、少年は点滅を終えて赤信号になった直後の横断歩道を、クラクションの音を浴びながら走り去った。

「危ない！」

麻美が声を掛けた時には、もう少年の姿は道の向こう側に見えなくなっていた。

「大丈夫？」

胸元を押さえて息を整えている一太に、麻美は声を掛ける。

「平気です。それよりも……」

再び青信号になった横断歩道を、一太は急ぎ足で渡り始める。

「今の子を追いましょう。行き先はわかっています」

一太の口調には、何か深刻なものが含まれていた。

「……それから、どうか、あの少年には、僕が『城島一太』だということは黙っていてもらえませんか」

そして、念を押すように、一太はそう付け加えた。

6

「私の名前はイノマタアサミ。昔、この団地に住んでいたことがあるの」

麻美はそう言ってから、隣に座っている一太の方を見た。

一太は何も言わず、正面に座っている少年を見つめている。

団地の棟から出てきた時からずっと、少年は呆然とした虚《うつ》ろな表情を浮かべていた。注文してあげた目の前の海老グラタンにも、手を付けていない。

「彼の名前はフクヤマタケシよ」

うっかり本当の名前を言いそうになり、咄嗟《とっさ》に麻美は、最初に頭に思い浮かんだ名前を口にした。先ほどまで思い出していた、初恋の人の名前だ。

「僕も以前、この団地に住んでいたんだ」

どうやら一太は、この少年を、不知森を介して迷い込んできた自分自身だと思っているようだった。

麻美は半信半疑だったが、本人たちの深刻な様子からすると、冗談のようにも思えない。

ファミレスを出ると、三人は再び『ひょうたん島』に足を向けた。

やがて日が暮れ始め、祭りのお囃子が聞こえてきた。

＊　＊　＊

「僕が大人になったら、きっと『ひょうたん島』の前で声を掛けます。二人が何年の何月何日から来たのか、教えてください」

別れ際、少年はそう言っていた。

「いや、それは無理なんだ」

眉間《みけん》に皺《しわ》を寄せ、呻くような口調で一太は言う。

「絶対に忘れない。約束は必ず守るから信じて」

「そういうことじゃないんだ」

一太は途方に暮れたような声を出した。

少年は、今話している相手が未来の自分だとは気づいていない。

たとえ日にちを覚えていたとしても、自分で自分を呼び出すことなど不可能だ。

それでも食い下がる少年に、麻美がその日付を伝えた。

きっと少年は、団地の部屋の柱に、彫刻刀かカッターナイフで、忘れないようにそれを深く刻み込むのだろう。

『ひょうたん島』を登りながら、まあだだよ、まあだだよ、と呟き続ける少年の声が、不意に遠くなったように感じられ、そちらを見ると、もはやそこに少年の姿はなかった。

遠くから響いてくる祭りのお囃子の音だけが、暗い空に吸い込まれるように鳴り響いている。

「座りませんか」

一太も、少年が去ったことを察したのか、そう言って手近の木の根元に腰掛けた。

「ねえ、未来って変わると思いますか？」

日の暮れた団地に、連なるように輝いている団欒《だんらん》の灯を眺めながら、一太が言う。暗いので、その横顔から表情は窺えない。

「子供の頃の僕に、伝えたいことはすべて伝えました。それで何か変わるのか、それとも、過去も未来も、何かループのようになっていて、変化することはないのか……」

「私も、この団地に来て、心残りが一つあることに気がつきました」

一太の傍らに腰掛けた麻美が口を開く。

「何です？」

「この団地に住んでいた頃、好きだった子がいたんです。今になってやっと、とても好きだったってことに気がついたくらい」

「へえ……。もしかして、フクヤマタケシっていうのは、その子の名前ですか」

麻美は頷いた。

「初めてキスをした時、あまりにも何度も、本当にキスしていいのか、後で怒らないかなんて聞き返すものだから、全然ムードがなくて、唇を重ねた後、私、怒っちゃったんですよ。せっかくのファーストキスだったのに、何それって。そしたら、怒らないって言ったのに、何で怒るんだよって、相手も逆ギレしちゃって……」

麻美がそう言うと、一太は声を上げて笑った。

異常な状況だったが、どういうわけか落ち着いていて穏やかな気分だった。

「それで気まずくなっちゃって、図書室で会ってもお互いに無視するようになって……。本当は仲直りしたかった。でも、そのまま高校を卒業して、私は地方の大学に……」

「そうですか。初恋は実らないって言いますからね」

「意地を張らずに、図書室で会った時に、いつものように声を掛けたら良かった。せめて大学に進学した後にでも、素直にごめんって手紙に書いて送っていれば、今も友だちだったかもしれないのに……」

話しているうちに、不思議と涙が溢れてきた。

何で人は、いつの間にか人と別れているのだろう。

「きっと人生っていうのは、そんなちょっとしたことで大きく変わるんですよ。もし、誰かが僕たちを呼んでくれて、戻ることができたなら、ほんの少しはマシな人生に変化しているかもしれない」

「そうだったとしても、きっとそのことに、私たちは気がつかないんでしょうね」

「……ちょっと待ってください」

話を遮《さえぎ》り、一太が立ち上がった。

「聞こえませんか？」

そう言われ、麻美が耳を澄ませると、微かに鼓膜をくすぐるような声が聞こえてきた。

もういいかい、もういいかい、と、掠《かす》れた声が聞こえてくる。

「誰か呼んでいる。でも、いったい誰だ……」

一太は困惑しているようだったが、麻美は慌てて口の中で「まあだだよ、まあだだよ」と呟いた。

これを逃したら、もう戻れない気がした。

口元で、もごもごと一太も同じ言葉を唱えながら、二人は声の主の居場所を探して歩き出した。

やがて、『ひょうたん島』を下り、石玉垣と鳥居が見えてくる辺りまで来ると、そこに立つ一人の老人の姿が見えた。

もういいかい、もういいかい、と、唄《うた》うように口ずさんでいる。

麻美の知らない人だった。

だが、一太はその姿を認めると、そちらに向かって慌てて走り出した。

7

「どうしてなんですかね。『ひょうたん島』の外に立っている父の姿を見た時、何だかとても胸苦しい気持ちになった」

車で団地から駅まで送りながら、ハンドルを握っている一太が麻美に向かってそう言った。

「子供の頃、すっかり変わってしまった団地で、線香の供えられた父の遺影を見て、僕はそのことを父に伝えました。父は最初のうちは笑っていたけど、僕の真剣さに負けて、あれこれ忠告を聞いてくれるようになった。母はその頃、不規則なシフトで仕事をしていたせいで、いつも苛々していて、ずっと家にいる父と、顔を合わせるとよく喧嘩をしていました。中学生の頃、一度、大きな山がありましてね。もう少しで離婚というところまで行きましたが、何とか僕が説得して踏み止《とど》まりましたよ。喉元《のどもと》過ぎればってやつですかね、今じゃあの時のことは何だったんだっていうくらいに仲睦《なかむつ》まじくなりました。人間、年を食うと一人が不安になるみたいですよ」

「お父さんも、あの柱の日付のことを覚えていたんですね」

「必ず守らなくちゃならない約束だって、子供の頃、僕はずっと言ってましたからね。これを守らなかったら、僕の未来はないんだと。僕は忘れてしまっていたけれど、父の方が覚えていてやきもきしていたんでしょう」

そう言って一太は笑った。

「サッカー選手になりたかった？」

「なりたかったですよ。実はちょっと期待していたんですけどね。家に戻ったら、僕は世界的な選手になっていないかなって。まあ、そうなっていたらもう団地には住んでいないでしょうけど」

一太は肩を竦める。

「ずいぶん遅くなってしまった」

駅前のロータリーに入り、一太は路肩に車を寄せると、ハザードランプをつけて車を停めた。

「何一つ変わっていない筈なのに、何だか違和感があるんです。当たり前のことが、当たり前じゃないような」

「私も同じです。でも、何かが変わったのだとしても、私たちが気づくことはできないんじゃないかしら」

「かもしれませんね」

送ってもらったお礼を言い、麻美は車から降りて駅の改札へと歩いて行く。

ホームに立って電車を待ちながら、今まで一度も参加したことがなかったが、誘いのあった高校時代の同窓会に出てみようかと麻美は思った。福山毅が来ていたら、思い切って声を掛けて、素直に昔のことを謝ろう。

彼はもう、結婚してお父さんになっているかもしれないが、もしまだ麻美と同じように独り身だったら、少しだけ勇気を出してみるのもいい。きっとそんな簡単なことで、人生は大きく変わる。

滑り込んできた私鉄の車輛に乗り込み、遠くに見える団地や、フタコブラクダの背中のように夕闇《ゆうやみ》に浮かび上がる『ひょうたん島』の影を眺めながら、麻美は考える。

平凡な人間とか、平凡な人生などというものは、この世に本当に存在するのだろうかと。平凡に見えて、みんな、何か不思議な物語を心に秘めているのではないかと。

電車のシートに体を預けているうちに、すっかり疲れていた麻美は、眠くなってきた。

麻美の知っている団地の風景や、そこで暮らす見知らぬ人たちの姿が、脈絡もなく次から次へと瞼《まぶた》の裏に広がる。

心に迷いを抱えた人を誘い込む、神社の鎮守の森。

手を繫いでその丘を下りて行く三人の親子。

団地の広場に置かれたシェルター。

ゴミ置き場に捨てられた廃車に住むホームレスの男。

鏡面のように輝く溜池の水面に映る、まるでムチのようにしなやかな釣り竿《ざお》。

敬礼する親子に背を向け、泳いでいく一匹のカメ。その名をマリラ王。

流血戦も辞さない、誇り高き悪役レスラー。

公民館の壁に飾られた一枚の絵。

団地の植え込みの木の間を走って行く、親指ほどの大きさの、背中に蝶《ちょう》の翅《はね》が生えた小さな女の子。
その脇を、自転車に乗って全力疾走していくのは、まだ少女だった頃の自分だ。
郵便局の職員の制服を脱ぎ、一人ぼっちで長い長い小説を書き続ける男。
不思議な形をした螺旋《らせん》階段。
すやすやと眠る赤ちゃんの傍らに置かれた、木で作られた、小さな汽車の玩具《おもちゃ》。
満たされないままの思い出の向こう側。
目を閉じれば、いつでも麻美は……いや、麻美も、一太も、尚之も、伝説の副会長も、
それから団地に住んでいたたくさんの人たち《クルー》も、そこへ帰ることができる。
——私たちが生まれ育った、あの団地へと。

解　説

内田俊明

『思い出は満たされないまま』。一見すると何となくロマンティックだが、よく考えると奇妙なタイトルだ。思い出が満たされないとは、どういうことだろう。満たされない気持ちを抱いた思い出、というのならわかる。思い出そのものが満たされないというのは、普通にそのまま考えると意味が通じない。

実はこのタイトルの奇妙さが、本作の特徴を表している。人間にとって、体験のすべてが完全に思い出になることはありえない。記憶の取り違えも起こるし、むしろすっかり忘れてしまうことのほうが、はるかに多いだろう。思い出は欠落したり、脳内で書き換えられたりするもので、完全な、満たされたものでは決してない。そういう「満たされないままの思い出」を抱えることが、実は人の生き方に大きく影響しているのではないか。本作のベースとなるそういった考え方が凝縮されているのが、このタイトルなのだ。

特徴的なのはタイトルだけではない。舞台と人物の設定もそうだ。

「思い出」という言葉は、それだけで「もう過ぎ去ってしまった、繰りかえすことのできない甘美な体験」というイメージを喚起させる。本作の舞台である「東京多摩《たま》地区の外れにあるマンモス団地」は、築数十年が経過したことによる建物の老朽化や、住民の減少および高齢化が近年問題になっているが、建設当時は、団地暮らしといえば最先端のライフスタイルとして、人々のあこがれの的だった。高度経済成長期に思い描かれていた明るい未来と、寂しい現状とのギャップをもつ団地という舞台は、「思い出」という言葉のもつイメージを表現するのにうってつけだ。また子供から老人まで幅広い世代の人物が登場することで、単なるノスタルジーにとどまらない多彩な物語が展開されている。

最初の一編「しらず森」に登場するのは、遥子《はるこ》と昭彦《あきひこ》の夫婦、小学生の息子尚之《なおゆき》、遥子の両親。続く「団地の孤児」には、自治会の副会長である甲田《こうだ》、認知症ぎみの甲田の母、ホームレスの男。「溜池のトゥイ・マリラ」には小学生の一太《いった》とその両親、ワケありな風情の老人。「ノートリアス・オールドマン」には小池《こいけ》老人、有村《ありむら》老人、画家ジェームズ・ゴードン、甲田。「一人ぼっちの王国」には高校生の麻美《あさみ》と毅《たけし》、関根《せきね》老人。そして六番目の「裏倉庫のヨセフ」には、それまでの主要人物のほぼ全員が登場する。

ほとんどのエピソードが、団地が出来たころには壮年期だった世代（老人）と、その子世代（大人）、孫世代（子供）が心を通わせる、ハートウォーミングな物語となっている。またそれぞれは題材も味わいも異なるが、全話がノスタルジーと未来の対置という共通点で貫かれていて、すべて読み終わったときには前向きな希望が残る。長編、短編集とならんで近年すっかり定番となった、連作短編という形式が、最大限に活《い》かされた構成だ。

後悔のない人生は存在しない。ここに登場する老人や大人たちは、それぞれに「満たされないままの思い出」を抱えている。フィクションではない現実の人生と異なるのは、彼らがその満たされなさゆえに、何らかの救いを得るところだ。そのために必要なのは、認めること、許すことなどの「寛容」であることが、本作にはてらいなく描かれている。詳しくは読んで感じてもらいたいが、なかなか「不寛容」から逃れられない現実の私たちには、心に響いてくる温かさだ。

しかし、ハートウォーミングな連作短編というだけなら、世の中には何作品もあるだろう。本作のさらに特異な点は、幻想的なところと、トリッキーな仕掛けが施されているところだ。これは乾緑郎《いぬいろくろう》作品の大きな特徴でもある。最初の「しらず森」を試しに読んでみるだけでも、作品全体の不可思議な世界観が窺《うかが》える。小学生の尚之が、団地の近くの神社にある、神隠しがおこると言われている森で、失踪してしまう。さらに、その神隠し現象は、重ねて奇跡のような事態を呼びおこしていく。その一連の描写が、団地の現在と過去、またそこで生きてきた人々のあり方を、ノスタルジックかつファンタスティックに、強く印象づける。

だが実は、初めて本作を読んだとき、乾緑郎ならではの幻想性は楽しみながらも、いつもの乾作品とはだいぶ味わいが違うな、と感じていた。『塞《さえ》の巫女《みこ》』『鬼と三日月』『機巧のイヴ』といった過去の乾作品にみられた、目が覚めるような鮮やかさに満ちたトリックが、本作にはあまりみられなかったからだ。乾氏には何度かお目にかかったことがあるが、鋭く冴《さ》えわたったトリッキーな作風からは想像できない、ムーミンのように温厚な方なので、今回はご本人のキャラクターに寄せて、あくまでハートウォーミングに主眼をおいた作品にされたのかな、と思っていた。

けれども、乾緑郎はやはり乾緑郎だった。最終話「少年時代の終わり」については、これまで触れないでいたが、ラストまで来て、ようやく驚くべきトリッキーな展開が炸《さく》裂《れつ》するのだ。もちろんそれも、ここでは言えない。乾流エンタテインメントの特徴が遺憾なく発揮され、さらに冒頭で触れたタイトルの意味も明らかになる、見事なラストであることは間違いない、とだけ言っておく。

乾緑郎は「間《あわい》」を描く作家だ。幻想的でトリッキーな、まぎれもなく面白いエンタテインメントであると同時に、夢と現実、死と生、無と存在、意識と無意識など、対置されるものごとの間を行きかう人々の姿を、神秘的に描きだすことで、常に奥行きのある作品世界を作り出してきた。『思い出は満たされないまま』でもまた、団地に暮らす人々の、数十年にわたる生活のさまが、「間」によって印象深く描きだされている。満たされない思い出を抱えていることは、間の中を生きていかなければならない、人という生き物のさだめ。だがそれでも、人には未来があるのだ。間の作家・乾緑郎は、ノスタルジーと未来の間を描くことで、それを教えてくれる。

過ぎ去っていく思い出への哀惜《あいせき》と、未来への希望を深く感じさせる、心に沁《し》みる作品だ。

（うちだ・としあき　書店員・八重洲ブックセンター商品企画部）

本書は、二〇一五年四月、集英社より刊行されました。

初出誌「小説すばる」
しらず森　二〇一二年七月号
団地の孤児　二〇一三年八月号
溜池のトゥイ・マリラ　二〇一三年十一月号
ノートリアス・オールドマン　二〇一四年三月号
一人ぼっちの王国　二〇一四年六月号
裏倉庫のヨセフ　二〇一四年九月号
少年時代の終わり　二〇一四年十二月号

集英社文庫

思《おも》い出《で》は満《み》たされないまま

2017年7月25日　第1刷　　定価はカバーに表示してあります。

著　者　乾《いぬい》　緑郎《ろくろう》

発行者　村田登志江

発行所　株式会社　集英社
東京都千代田区一ツ橋2-5-10　〒101-8050
電話　【編集部】03-3230-6095
　　　【読者係】03-3230-6080
　　　【販売部】03-3230-6393（書店専用）

印　刷　凸版印刷株式会社

製　本　加藤製本株式会社

フォーマットデザイン　アリヤマデザインストア　　マークデザイン　居山浩二

ISBN978-4-08-745612-7 C0193